# La biblioteca mágica del profesor Marloc

# La biblioteca mágica del profesor Marloc

DANIEL HERNÁNDEZ CHAMBERS

Ilustraciones de David Guirao

B DE BLOK

Barcelona • Madrid • Bogotá • Buenos Aires • Caracas • México D. F.
Miami • Montevideo • Santiago de Chile

1.ª edición: septiembre 2017

© Daniel Hernández Chambers, 2017
© David Guirao, 2017, por las ilustraciones
© 2017, Sipan Barcelona Network S.L.
   Travessera de Gràcia, 47-49. 08021 Barcelona
   Sipan Barcelona Network S.L. es una empresa
   del grupo Penguin Random House Grupo Editorial, S. A. U.

Printed in Spain
ISBN: 978-84-16712-58-8
DL B 16200-2017

Impreso por QP PRINT

*A Chloe Hernández*

PRIMERA PARTE

# EL SÓTANO DE MARLOC

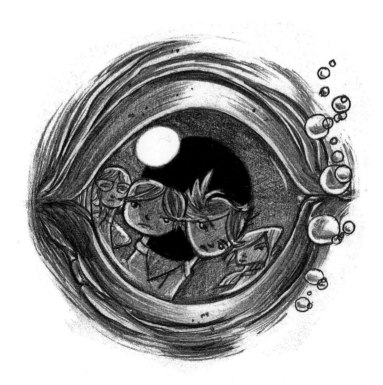

# 1

# OPERACIÓN ZORRO ROJO

Zorro Rojo a Madriguera, Zorro Rojo a Madriguera.

No recibió respuesta, pero Zorro Rojo decidió transmitir el mensaje de todos modos.

—Hora dieciocho cero cero, me pongo en marcha, Madriguera. Volveré a ponerme en contacto dentro de cinco minutos exactamente.

Zorro Rojo se deslizó pegado a la pared, buscando las sombras para no ser visto. En la primera esquina giró a la derecha, y en la siguiente a la izquierda.

—Madriguera, aquí Zorro Rojo. Me dispongo a cruzar el parque. No veo nada sospechoso a primera vista, pero iré con mil ojos.

Avanzó un par de pasos, pero se detuvo antes de penetrar en el bosque y se llevó de nuevo el *walkie-talkie* a la boca.

—Madriguera, si no vuelvo a contactar en cuatro

minutos enviad equipo de rescate en mi busca, ¿entendido?

Desde la Madriguera no llegó respuesta alguna, lo cual, a fin de cuentas, era lógico, puesto que el otro *walkie-talkie* estaba apagado sobre la cama deshecha de Zorro Rojo.

Zorro Rojo se agachó y cruzó el parque a la carrera ocultándose tras la hilera de setos de ciprés. Al llegar al otro lado, envió un nuevo mensaje:

—He rebasado el parque. Repito, he rebasado el parque. Sin problemas. Sigo adelante. Próxima comunicación, a las dieciocho quince. Uno ocho uno cinco.

Y, con puntualidad, a las dieciocho quince:

—Objetivo divisado. Procedo a examen visual.

El objetivo era una casa de dos plantas rodeada por un amplio jardín y circundada por una valla de hierro de metro y medio de altura. La puerta de la verja estaba abierta y de ella partía un sendero de losetas irregulares que conducía a la entrada principal de la casa, pero Zorro Rojo no prestó atención a esa entrada, pues sabía que por allí tendría que hacer frente a la Guardiana Dorada, la Temible Señora Domínguez, algo que prefería evitar. Había decidido acceder al objetivo por otro lado, por una vía más arriesgada, más peligrosa y, por lo tanto, más divertida.

Uno de los árboles del jardín, un sicomoro, tenía un tronco enorme y un buen número de gruesas ramas. Estas formaban una copa frondosa que acariciaba una de las paredes de la casa. Zorro Rojo comprobó que una rama se extendía hasta muy cerca de una ventana iluminada. Lo tenía decidido: entraría trepando por aquel árbol.

Cruzó la verja y se lanzó en plancha al suelo para arrastrarse sobre la hierba hacia la base del sicomoro. Una vez allí, al mirar hacia lo alto no pudo evitar decirse que en aquel árbol habría quedado de maravilla

una caseta de madera, pero enseguida apartó esa idea de su mente. Tenía cosas más importantes en las que pensar. Estiró el cuello y miró alrededor antes de realizar una última comunicación por radio.

—Madriguera, aquí Zorro Rojo. Atención, me dispongo a llevar a cabo la última fase de mi misión. Deseadme suerte. Y si no vuelvo a salir de aquí, por favor, decidle a mis padres que los quiero mucho. Y a mi madre, que me encantan sus bizcochos de chocolate.

Apagó el aparato y trepó con agilidad por el tronco del árbol, utilizando las ramas más bajas a modo de peldaños de una escalera. En unos segundos ya estaba a la altura de la segunda planta, tumbado boca abajo sobre la rama que casi tocaba la ventana. Empezó a deslizarse con mucho cuidado.

Un crujido. Zorro Rojo se detuvo y aguzó el oído, y unos segundos más tarde continuó avanzando, alejándose del tronco del sicomoro.

Otro crujido. Y ya eran dos. Este fue más fuerte que el anterior.

Al tercer crujido la rama se partió. Y cayó. Zorro Rojo cayó abrazado a ella. Ni siquiera le dio tiempo a gritar.

*  *  *

Cinco minutos más tarde, tras reponerse del golpe contra el suelo y recomponer un poco su aspecto, Zorro Rojo pulsó el timbre de la puerta principal. Des-

pués de unos segundos de espera, una mujer de larga melena rubia le abrió con una sonrisa.

—Hola, Tomás.

—Buenas tardes, Teresa.

—¿Qué llevas ahí?

—Ehh... —Tomás bajó la mirada hacia la rama de sicomoro que sostenía entre los brazos—. Acabo de encontrármela. Se ve que se ha partido. A lo mejor ha sido un rayo.

—Ya, bueno, venga, déjala ahí y entra. Te esperan arriba.

—¿Ya están todos?

—Creo que solo faltas tú.

—Pues que conste que no llego tarde. Son ellos los que han llegado antes de lo convenido. —Dicho eso, Tomás desapareció por las escaleras hacia el punto de reunión. Odiaba ser el último, pero al menos tenía una buena excusa: no era culpa suya que la rama del sicomoro no hubiese soportado su peso. La culpa era del árbol, o, si acaso, de los bizcochos de chocolate de su madre, que le habían hecho engordar un poco, pero en ningún caso de Zorro Rojo.

Llegó a la segunda planta y llamó con los nudillos a la primera puerta de la derecha. Tres toques rápidos seguidos por otros dos más suaves y espaciados.

—Adelante —dijo una voz femenina.

# 2

# REUNIÓN SECRETA

(bueno, más o menos secreta)

El resto del grupo ya estaba sentado en la alfombra. A la derecha se encontraban Ernesto y Julia. Desde que habían coincidido en la guardería, esta pareja de hermanos habían sido amigos inseparables de Zorro Rojo. Bueno, en realidad, Ernesto era su mejor amigo; Julia no solo era su mejor amiga, sino también la chica más guapa que Zorro Rojo había visto en su vida.

Ernesto y Julia eran hermanos mellizos, pero cumplían los años en días distintos, Julia primero y, al día siguiente, Ernesto. Y, a veces, entre el cumpleaños de uno y el del otro, transcurrían dos días enteros. Esto, que mucha gente no podía comprender y consideraba un capricho de los niños o de sus padres, tenía una explicación perfectamente lógica que Tomás *el Zorro* conocía muy bien. Se podría decir que era un pequeño secreto compartido por la pandilla. A fin de cuentas, a todo el grupo le encantaban los secretos. Y, en cuanto a cómo era posible que dos hermanos mellizos cumplieran años en días distintos... Bueno, pues eso, que era un secreto. Y los secretos no pueden revelarse así como así, ¿verdad?

A menudo, ellos jugaban a desafiar a sus compañeros de clase en el patio del colegio, a la hora del recreo, a ver quién era capaz de descifrar ese enigma. Por ejemplo, Julia les decía: «¿Cómo puede ser que yo cumpla años un martes y mi hermano mellizo lo haga un jueves?» Y si alguno le pedía una pista para resolver el misterio, se limitaba a decir: «En 2012 cumplí años un martes y mi hermano un jueves, y en 2013 yo los cumplí un jueves y mi hermano un viernes.» Y si con eso tampoco era suficiente para que dieran con la respuesta, se negaba a decirles nada más. Los dejaba con la intriga para que se estrujaran bien el cerebro.

Frente a ellos estaba sentada Isabel, la hija de Teresa, la Guardiana Dorada, rascándose la coronilla. Una vez. Dos veces. Tres. Fue a hacerlo una cuarta, pero logró interrumpir el movimiento de su mano a la altura de la oreja izquierda.

—No me pica, no me pica, no me pica —dijo en voz alta.

La obsesión de su madre por descubrirle piojos o liendres le provocaba una sensación de escozor constante, lo cual había motivado aquella manía de rascarse. Esto, a su vez, era la causa de que todas las demás madres del colegio y el vecindario estuvieran con-

vencidas de que ella era el origen de la invasión de piojos que sufrían sus respectivos hijos cada cierto tiempo.

—Ya era hora, Tomás —dijo Ernesto a modo de saludo.

Tomás, *Zorro Rojo*, se sentó junto a sus amigos.

—Bueno, Isabel, ¿a qué viene tanta prisa por esta reunión? —preguntó.

Isabel era la que había convocado la reunión en su casa y se había negado a explicar nada hasta que estuviesen los cuatro juntos. Antes de hablar, se levantó, abrió la puerta y echó un vistazo al pasillo para asegurarse de que no había nadie (su madre seguramente estaba en el salón, viendo la tele, y su hermano pequeño dormía la siesta en su cuna), luego volvió a cerrar y regresó a su puesto en la alfombra.

—Tenemos un misterio entre manos —empezó a decir. Miró a sus tres amigos uno por uno y pensó en alargar la pausa un poco para captar plenamente su atención, pero no hizo falta, porque la palabra «misterio» ya había surtido efecto.

—Sigue —pidió Julia.

—Sí, venga, habla —dijo Tomás.

—Se trata de nuestro vecino, el profesor Alexander Marloc. Ya os he hablado de él otras veces.

—Sí, ¿el que está un poco...? —preguntó Ernesto, llevándose el dedo índice a la sien y haciéndolo girar en pequeños círculos.

—Es un tanto extravagante, pero no creo que esté

loco —repuso Isabel—. O a lo mejor sí, porque mi madre dice que todos los genios tienen algo de locos, y el doctor Marloc es un genio, o algo parecido.

—¿En serio?

Isabel asintió.

—Ha inventado un montón de cosas y se ha hecho rico vendiendo las patentes a algunas de las empresas más grandes del mundo. Desde hace unos años vive aquí retirado, ya no necesita trabajar.

—Y yo que me alegro —dijo Julia—, pero ¿dónde está el misterio?

—Hace un par de días el profesor vino a casa y le explicó a mi madre que pensaba irse de viaje y que no tenía muy claro cuándo podría volver. Yo estaba en la sala y, claro, le oí. Mi madre le invitó a entrar, pero él prefirió quedarse en la puerta. Solo quería pedirle a mi madre que se encargase de regarle las plantas mientras él no esté, le dio las llaves y le pidió que fuera a regarlas sin falta por lo menos una vez cada dos días.

—¿Y? —se impacientó Ernesto.

—Eso no tiene nada de raro —comentó Tomás—. Mi madre es la regadora oficial de mi edificio cuando algún vecino se va de vacaciones.

—¿Me dejáis terminar? —exclamó Isabel—. Todavía no he llegado a lo misterioso. El caso es que el profesor Marloc dijo que se iba ese mismo día... —Isabel hizo una de esas pausas dramáticas para crear suspense que tanto le gustaban—, pero yo creo que en realidad no se ha marchado.

21

Ernesto miró a su hermana, que a su vez miró a Tomás, que puso los ojos en blanco.

—Ya sé que suena raro —continuó Isabel—, pero ese día me pasé toda la tarde aquí, en mi habitación, porque tenía fiebre, y desde la ventana se ve perfectamente la casa del profesor al otro lado del sicomoro.

—Eso no es una casa, es una mansión —puntualizó Ernesto. Era imposible no fijarse en aquel edificio inmenso cada vez que iban a visitar a Isabel.

—En ningún momento vi que el profesor Marloc saliera. Al contrario, recibió una visita. Después de la hora de la cena, llegó un coche, aparcó frente a la entrada y Marloc salió a recibir al hombre que conducía. Luego los dos entraron en la casa y no volvieron a salir. Ya, me vais a decir que seguramente se fueron cuando ya era de noche, pero resulta que me dormí tarde, porque seguía con el dolor de cabeza y además estaba terminando de leer *La isla del Tesoro*, y estoy segura de que el profesor no se fue a ninguna parte. Tampoco su invitado, porque ahí sigue su coche, en el mismo lugar donde lo aparcó.

Señaló el vehículo y sus tres amigos enarcaron las cejas al verlo: era un Rolls Royce de color blanco inmaculado.

—A lo mejor se fueron cuando ya te habías dormido. Y supongo que se marcharían andando, no en coche.

—No, hacedme caso, no se han ido. Ni el profesor ni el otro hombre.

—¿Para qué iba a decir que se marchaba si en realidad pensaba quedarse? No tiene sentido, Isabel.

—Exacto, ahí está el misterio. Si no pensaba salir de viaje, ¿por qué iba a mentir a mi madre? Pero no es solo eso...

—Una cosa, ¿y al día siguiente? ¿No pudo irse por la mañana bien temprano?

—Llevo dos días atenta —insistió Isabel—. Me los he pasado aquí, en mi habitación, por la fiebre. El profesor no ha vuelto a salir de su casa desde que recibió a su invitado.

—¿Qué eres tú, la espía del barrio? ¿Te estás preparando para ser una de esas viejas metomentodo que vigilan todo lo que hacen sus vecinos y luego lo cuentan en la cola del mercado o de la panadería? —dijo Tomás—. Yo tengo una vecina así, doña Enriqueta; siempre está vigilando a todo el mundo y contando chismorreos. La Chismes, la llaman, y la Mata Hari, y la Ojo Avizor, y la Pesadilla y la Petarda y...

—Ya vale, Zorro Rojo —lo interrumpió Ernesto.

—Solo me picó la curiosidad, nada más. Desde que se mudó aquí, el profesor Marloc nunca se ha ido de viaje, así que me llamó la atención —se explicó Isabel—. Os decía que eso no es todo: mi madre ha ido esta mañana por primera vez a regar las plantas. ¡Y el profesor Marloc no está en su casa!

Los otros tres se miraron y pusieron cara de haberse llevado la mayor sorpresa de sus vidas.

—¡¡¡Uahhh!!! ¿De verdad?

—¡Es increíble!

—¡Vaya un misterio, Isabel! ¡Alucinante! —se burló Ernesto—. Ya lo puedo ver en esas revistas de misterios y de ovnis y cosas así: «Misterios de la Humanidad, desde las pirámides de Egipto hasta el profesor Marloc, el hombre que dijo que se iba... y se fue.»

Todos se rieron menos Isabel, que frunció el ceño y puso cara de enfado.

—No os enteráis de nada —dijo.

—A ver, pues explícate mejor —le pidió Julia—. ¿Dónde está el misterio?

—Muy sencillo: ¿cómo es posible que el profesor Alexander Marloc se haya ido sin salir de su casa? ¡Ese es el misterio! Os aseguro que no ha salido de su casa, ni en coche ni a pie. Entonces, ¿cómo se ha marchado y adónde?

—No te enfades conmigo, Isabel, pero insisto: tiene que haberse ido en algún momento sin que tú lo vieras. Cuando dormías, cuando estabas comiendo o cuando estabas en la ducha.

—No, he estado atenta. Ya os he dicho que me he pasado los dos días aquí por culpa de la fiebre y os aseguro que no ha salido de su casa. En esa mansión ocurre algo, os lo digo de verdad.

Se hizo el silencio durante un par de minutos, mientras Isabel intentaba transmitir a sus amigos su seguridad mirándolos fijamente. Después, Zorro Rojo se puso en pie.

—Muy bien, aceptemos que tenemos un misterio

entre manos: el profesor Marloc se ha largado. —Por su voz, estaba claro que aún no creía que hubiera ningún misterio en aquel asunto—. ¿Qué tal si esperamos a que vuelva y le preguntamos cuándo, cómo y adónde se ha ido? Y fin del misterio.

—Me decepcionas, Zorro —le espetó Isabel.

—Pues yo estoy de acuerdo con él —dijo Ernesto—. ¿Qué otra opción hay?

Isabel resopló asqueada.

—Me parece que me he equivocado con vosotros dos. ¿Qué dices tú, Julia? ¿También crees que deberíamos esperar a que el doctor vuelva para preguntárselo?

Julia se encogió de hombros.

—No se me ocurre otra cosa, la verdad.

—Pues ya os podéis largar con viento fresco. Me encargaré yo sola de resolver este misterio. Ya he pensado incluso en el nombre: el «Misterio Marloc». ¿A que suena bien?

En ese momento sonaron un par de golpes en la puerta del dormitorio y un segundo después la Guardiana Dorada dejó ante los cuatro chicos una bandeja con ensaimadas y bollos de chocolate.

—Cuidado con las migas, no me llenéis la habitación, que luego aparecen hormigas por todas partes.

En cuanto se fue y la puerta volvió a estar cerrada, Julia, Ernesto y Tomás clavaron su mirada en Isabel:

—Venga, suéltalo: ¿cómo piensas resolver tu «Misterio Marloc»?

—Es que no prestáis atención; ya os lo he dicho: el profesor Marloc le dio a mi madre las llaves de su casa para que vaya a regar las plantas. ¿Queréis esperar a que el doctor vuelva, o preferís...?

—¿Te refieres a que...? —balbuceó Zorro Rojo.

—Sí, a eso me refiero.

—Espera, espera. Espera un momento —dijo Ernesto—. ¿Lo que estás sugiriendo no será...?

—Sí, eso mismo. En realidad ya lo tengo todo preparado. Contaba con que quisierais venir vosotros también, así que le pregunté a mi madre si mañana podíais quedaros a dormir en casa y me dijo que no había problema, si vuestros padres estaban de acuerdo. Mi

plan era que cuando ella se durmie-
ra... —No terminó la frase, se limitó a
mirar hacia la ventana, donde se veía el sicomoro y, justo detrás, la mansión del doctor Marloc.

—¡¿Quieres entrar en su casa?! —exclamó Julia.

—¡¿Por la noche?! —casi gritó Ernesto.

—Sí, ese es mi plan. Pero lo haré yo sola, porque
vosotros no tenéis ningún interés en resolver el misterio. Ni siquiera creéis que haya misterio alguno.

—Bueno... bueno... —tartamudeó Ernesto, levan-
tando las palmas de las manos—. Espera, pensemos
con calma.

—No hay nada que pensar —le interrumpió Isabel—. Mañana, en cuanto mi madre se duerma, entra-

ré en la casa del profesor Marloc y trataré de resolver el misterio. ¿Os apuntáis o no?

Zorro Rojo levantó la mano como si estuviera en clase y quisiera responder una pregunta del maestro.

—¿Sí, Zorro?

—Que yo me apunto.

—Y yo —dijo Julia.

—Pues entonces yo también —añadió Ernesto.

—Bien —sentenció Isabel—. Encargaos de que vuestros padres os dejen venir a dormir aquí. Quien no lo consiga, peor para él.

\* \* \*

Un poco más tarde, cuando Tomás *Zorro Rojo*, Julia y Ernesto se despidieron de Isabel y de su madre para irse a sus casas, continuaban sin tener muy claro que existiese un «Misterio Marloc» ni nada por el estilo, pero en cuanto cruzaron la verja del jardín y salieron a la calle, los tres miraron intrigados hacia la mansión. Les encantaban los misterios y los enigmas, y en el fondo deseaban que Isabel estuviese en lo cierto.

# 3

# OPERACIÓN «CASA ABANDONADA»

Al día siguiente fueron Julia y Ernesto los más tardones. Tomás había llegado incluso antes de hora, pese a que sus padres le habían amenazado con no dejarle ir por culpa de las malas notas que había sacado. Al final, se habían apiadado de él y había salido pitando en dirección a casa de Isabel, llevando consigo sus inseparables *walkie-talkies*. Los dos esperaron impacientes a que apareciesen los hermanos.

—Esta, que tenía que peinarse —se quejó Ernesto cuando por fin llegaron, señalando una de las pocas diferencias entre su hermana y él: mientras que Julia siempre lucía un peinado perfecto, él nunca jamás se preocupaba de pasarse un cepillo por su pelo castaño.

—He terminado de peinarme mucho antes de que tú encontrases tus zapatillas.

—¡Porque me las habías escondido en el horno!

Julia les guiñó un ojo a Tomás e Isabel.

—Buen escondite, ¿eh?

—Sí, zapatillas horneadas para cenar, no suena mal —dijo Tomás entre risas.

Se encerraron en el dormitorio de Isabel y repasaron su plan.

—He estado pensando —dijo Julia.

—Sí, a veces lo hace —se burló su hermano.

—No podemos ir los cuatro juntos —siguió diciendo Julia, sin hacer caso de Ernesto.

—¿Por qué no? —quiso saber Isabel.

—Muy sencillo, ¿y si la Guardiana... y si tu madre se asoma para comprobar que estamos bien o algo así?

—Sí —admitió Isabel—, seguro que lo hace al menos un par de veces antes de irse a la cama. Por eso tenemos que esperar a que se haya dormido.

—Pero, ¿y si tarda mucho?

—Nos tocará esperar el tiempo que haga falta.

—Si nos dividimos, no —explicó Julia—. Dos de nosotros tendrán que quedarse aquí, y los otros dos entrarán en la casa de ahí enfrente. Podemos utilizar los *walkie-talkies* que ha traído Tomás.

—Ya sabía yo que nos vendrían bien.

—Pero ¿eso funciona de verdad? —dudó Ernesto.

—Por supuesto. Son profesionales —aseguró Tomás, con orgullo—. No son de esos de juguete que no se oyen ni a medio metro. Estos me los regaló mi tío por mi cumpleaños. Son los que utilizan los bomberos.

—Sería más fácil si tuviéramos móviles —dijo Isabel.

—Claro, pero ninguno de los cuatro tenemos, ¿no? —respondió Tomás—. También pedí uno para mi cumple y me dijeron que ya podía olvidarme de eso.

—A mí me dijeron lo mismo —añadió Ernesto—. Hasta que cumpla quince, nada.

—Vale, usaremos los *walkie-talkies,* pero ¿cómo nos dividimos? —preguntó Isabel—. ¿Quién va y quién se queda?

—Lo echamos a suertes —se apresuró a contestar Tomás—. ¿Piedra, papel o tijera? ¿El palito más largo?

Julia ignoró la interrupción de Tomás y siguió hablando.

—Isabel, me temo que tú tendrás que quedarte aquí —señaló. Enseguida, la expresión de entusiasmo de Isabel dio paso a un gesto de frustración—. Sí, ya sé que te gustaría ir, que el plan es idea tuya y que eres tú quien ha descubierto este misterio, pero estamos en tu casa, y es tu madre la que va a venir a comprobar que todo vaya bien. Sería muy raro que no estuvieses aquí.

—¿Y qué excusa vamos a poner para explicar que dos de nosotros no están? —preguntó Ernesto.

—Cualquier cosa: que han ido al baño, que estamos jugando al escondite, lo que sea. Lo importante es que la madre de Isabel vea al menos a dos de nosotros. Así no se extrañará.

—Vale, Isabel se queda...

—¡Qué asco! ¡Yo quiero ir! —protestó la pobre Isabel.

—... pero de los otros tres, ¿quién le hará compañía?

—Hermanito —empezó Julia—, sé que esto te va a gustar. Me muero de ganas de participar en esta excursión nocturna, pero creo que lo mejor es que la madre de Isabel nos encuentre a ella y a mí juntas, no vaya a pensar que nos hemos separado «por parejitas». Así que yo me quedaré aquí con Isabel, y Tomás y tú entraréis en la casa vacía. A no ser... —añadió, con una pequeña pausa dramática—. A no ser que tengáis miedo de ir solitos.

Ernesto y Tomás se miraron mutuamente.

—¿Ha dicho miedo, Zorro Rojo?

—Eso me ha parecido, sí. Pero ¿qué es el miedo?

—Ni idea. ¿Tienes un diccionario a mano?

—Claro, aquí mismo. —Tomás hizo la pantomima de sacar un libro invisible de un bolsillo de su pantalón y pasó varias páginas, también invisibles, hasta detenerse en una, que fingió recorrer de arriba abajo con el índice. Luego dijo—: No, por «miedo» no me sale nada.

—Mira a ver si encuentras algo por «tonto del bote» —le dijo Isabel.

—¿Estás listo, Zorro Rojo? —preguntó Ernesto—. ¿Nos vamos ya?

—Zorro Rojo siempre está dispuesto a la aventura, querido Ernesto. —Se puso en pie y realizó una reverencia hacia las chicas—: Señoritas, permanezcan en la seguridad del hogar mientras mi compañero y yo cruzamos las peligrosas tinieblas de ahí fuera antes de penetrar en el jardín y en la tenebrosa mansión del profesor Alexander Marloc. No teman por nosotros, sabremos cuidarnos; tenemos experiencia en expediciones de este tipo. De hecho, en una ocasión...

—¡Oh, Tomás! —estalló Julia—. ¿Puedes callarte ya?

Tomás le entregó uno de sus *walkie-talkies* y se enganchó el otro al cinturón.

—Canal Tres, ¿de acuerdo?

—¿Cómo salimos sin que se entere tu madre, Isabel? —planteó Ernesto.

—Solo hay una forma de que ella no se entere —respondió Isabel, e hizo un gesto hacia la ventana.

—Chupado —dijo Tomás. Él y Ernesto abrieron la ventana.

—¿No había una rama que llegaba casi hasta aquí? —se extrañó Ernesto.

—Yo no sé nada —repuso Tomás, y empezó a descolgarse hasta el jardín. Ernesto lo imitó y, de pronto, Isabel corrió para asomarse tras ellos:

—¡Eh, cretinos! Que os dejáis la llave y las linternas —susurró. Les lanzó el llavero de Marloc junto a un par de linternas pequeñas y cerró de nuevo la ventana.

Aparte de la luz de la habitación de Isabel, solo había otra encendida en aquel lado de la casa, pero tras un rápido vistazo comprobaron que la Guardiana Dorada no estaba allí, así que corrieron encorvados hasta la valla y saltaron juntos al otro lado, a la parcela del vecino.

Una vez allí, sentados en el suelo de hierba y con la

espalda contra la valla, Tomás sacó su *walkie-talkie* y pulsó el botón:

—Aquí Zorro Rojo, ¿me oyes, Comadreja Peluda? Repito, ¿me oyes? Primera fase superada, hemos rebasado la frontera.

—¡¡¡Como me vuelvas a llamar Comadreja Peluda te arreo una colleja que te arranco la cabeza de cuajo!!! —La voz de Julia sonó como un trueno por el pequeño aparato.

—Eh, tranquila. Entonces, ¿cómo quieres que te llame?

—Por mi nombre.

—No, imposible, esto es una misión secreta, y tenemos que utilizar nombres en clave. Yo soy Zorro Rojo Uno y Ernesto es Zorro Rojo Dos.

—Pues yo creo que lo de Comadreja Peluda le queda bien —opinó Ernesto.

—¡Te he oído! —rugió su hermana por el *walkie-talkie*.

—Perdona, Ernesto, tenía el botón apretado. Me temo que también habrá colleja para ti —dijo Tomás entre risas. Pensó unos segundos y volvió a pulsar el botón para hablar—: A ver, Julia, ¿qué te parece Comemocos?

—¡Yo no me como los mocos!

—Pero te los comías en la guardería, todavía me acuerdo. Todos te llamaban así, «la rubia comemocos».

Dentro de la casa, Isabel le cogió el *walkie-talkie* a Julia:

—Ya está bien, chicos. Ya basta de tonterías, no tenemos toda la noche. Entrad en la mansión del profesor Marloc.

—A sus órdenes. Volveremos a ponernos en contacto con vosotras cuando estemos dentro. Corto y cambio —dijo Tomás. Se volvió a colgar el aparato en el cinturón y le susurró a Ernesto—: ¿Tú crees que si un día le doy un beso a tu hermana sabrá a moco?

—Sí y no.

—¿Cómo que sí y no? ¿Qué clase de respuesta es esa?

—Sí, sabrá a moco, y no, no creo que nunca le des un beso.

—¡Qué poco confías en mí!

—No, tampoco es eso, de verdad. Lo que pasa es que confío mucho en ella y sé que tiene buen gusto.

—¡Piérdete!

Atravesaron el jardín asegurándose de que nadie los viera desde la calle, cosa que no resultó difícil, porque la noche ya había caído y los alrededores estaban desiertos. La mansión del profesor Marloc era mucho más grande que la casa de Isabel, tenía tres pisos en vez de dos y ocupaba más espacio. Al acercarse a ella, los dos chicos tuvieron la sensación de que se alzaba más y más alta cada vez, como una advertencia amenazadora y siniestra. Las paredes eran de ladrillo rojo y las ventanas parecían agujeros negros.

Los pasos de Ernesto se detuvieron sin que él hubiera enviado esa orden a su cerebro. Cuando Tomás se dio cuenta, se volvió para mirarlo:

—¿Qué?

—Nada. Es que... ¿Estás seguro de que hacemos bien entrando ahí?

Por toda respuesta, Tomás olisqueó el aire como si fuese un perro perdiguero.

—¿Qué es lo que huelo? ¿Aroma a cagarro, perfume Eau de Cloac, tal vez? ¿Te has hecho popó?

—No, pero...

—Pero nada, Ernesto. No creo que haya ningún «Misterio Marloc» ni nada parecido, pero de todas formas pienso entrar ahí y ver qué hay. Si quieres, espérame aquí.

Fue hasta la puerta principal y metió la llave en la cerradura. Cuando empezó a girarla, Ernesto ya había vuelto a colocarse a su lado. La puerta se abrió sin el menor ruido, ni siquiera un crujido.

—Escucha: por si acaso, dejémosla entreabierta. Por si hay que salir por piernas.

—Vale —aceptó Tomás.

# 4

# UNA SALA LLENA DE CACHIVACHES

Zorro Rojo a... Zorro Rojo a Isabel y Julia: estamos dentro. Corto y cambio.

—Copiado, Zorro Rojo. ¿Alguna novedad? Corto.

—Pues esa, que estamos dentro.

—Ah, vale —se oyó a Isabel.

—Di «corto» —le apuntó Julia.

—Corto.

—A partir de ahora comunicaremos con vosotras cada cinco minutos. ¿Oído? Cinco minutos. Ni cuatro ni seis. Cinco minutos, *five minutes, cinc minutes, «fif» minuten* o como se diga.

—Que sí, que vale. Cinco minutos.

—Si pasan seis minutos y no sabéis nada de nosotros... recordadnos con cariño, pequeñas. Cambio y cie...

—Escucha, Zorro Rojo —dijo Isabel.

—¿Qué?

—Dos cosas. Primero: ¿qué veis? Y segundo: como se os ocurra romper algo, nos la cargamos, ¿entendido? Mi madre me mata. Me castigará sin salir durante un año entero, y se asegurará de que vuestros padres hagan lo mismo.

Dentro de la mansión, Tomás y Ernesto intercambiaron una mirada. Ambos tenían experiencia con los enfados de la Guardiana Dorada.

Tomás pulsó el botón del comunicador de su *walkie-talkie*:

—A lo segundo: descuida, no tocaremos nada. Y a lo primero: un vestíbulo; enfrente de nosotros hay una mesa recibidor con una estatuilla que no sé qué es, parece un tipo sentado y muy concentrado.

—Es *El pensador* de Rodin, hombre —dijo Ernesto.

Tomás soltó el botón del comunicador, se inclinó hacia delante e inspeccionó la pequeña estatuilla.

—¿Seguro? A mí me recuerda uno de esos *caganers* de los belenes. —Pulsó de nuevo el botón—: Vale, la estatuilla es *El caganer* de Rodin. También hay una lámpara, apagada, claro. Encima de la mesa hay un espejo rectangular, y dentro del espejo está el careto de Ernesto muerto de miedo y el mío, bastante más guapo y atractivo, por cierto. A nuestra derecha hay un pasillo, que supongo que lleva al salón. Vamos a internarnos por él. Os recuerdo que, si no pasa nada, contactaremos en cinco minutos. *«Chinco» minuti*. Cambio y cierro.

\* \* \*

Isabel y Julia estaban apoyadas en el alféizar de la ventana, mirando con envidia la silueta oscura de la casa del profesor Marloc.

—Tú estás segura de que ese vecino tuyo se ha ido, ¿verdad? —preguntó Julia—. ¡No vaya a estar ahí y le dé por pensar que mi hermano y Tomás quieren robar en su casa!

Isabel negó con la cabeza.

—Tranquila, ahí no hay nadie. Pero daría lo que fuese por poder haber ido yo con ellos.

—Ya, pero...

—Sí, ya sé que es más seguro así, que mi madre puede venir en cualquier momento.

Como si la hubiese oído, la Guardiana Dorada llamó con los nudillos a la puerta del cuarto y entró.

—¿Todo bien, por aquí?

—Estupendo, mami —se apresuró a contestar Isabel.

—¿Y los chicos?

—Están...

—Lavándose los dientes —contestó Julia.

—Ah, muy bien. Escucha, Isabel, tu hermano está inquieto, le están saliendo los dientes y al pobre le duele mucho —añadió mirando a Julia—. Me lo voy a llevar a mi cuarto. Si necesitáis algo, me avisas, ¿de acuerdo?

—Claro, mami. No te preocupes, que estamos bien.

La Guardiana Dorada cerró la puerta y las dos chicas oyeron sus pasos alejándose por el pasillo.

—Genial —susurró Julia—. Tendremos que darle las gracias a tu hermanito cuando aprenda a hablar.

Justo en ese momento, el *walkie-talkie* cobró vida otra vez:

—Aquí Zorro Rojo, ¿me oís?

—¡Menos mal que no has hablado unos segundos antes! —exclamó Isabel.

—¿Por qué? Cambio.

—Mi madre estaba aquí. Le hemos dicho que habíais ido a lavaros los dientes. ¿Qué ocurre? ¿Ha pasado algo? Cambio.

—Sí. Cambio.

—¡Oh, venga ya, dilo! ¿Qué ha pasado?

—Cinco minutos, tonta del bote, eso ha pasado.

Isabel puso los ojos en blanco y se volvió hacia Julia:

—A veces estrangularía a Tomás, te lo digo en serio. —Pulsó el botón—: Zorro Rojo, ¿dónde estáis ahora? ¿Qué es lo que veis?

—Cachivaches. Por todas partes.

—¿Cachivaches?

—Eso es. Estamos en una sala muy grande que parece un museo. Hay cosas que nunca había visto y que no tengo la menor idea de para qué sirven.

—¿A qué esperas? Descríbenoslo todo —le urgió Isabel.

—Te paso a Ernesto, que tiene ganas de hablar.

—Hola, chicas —saludó Ernesto nada más coger el *walkie-talkie*—. Si os cuento todo lo que hay aquí me pasaría horas hablando, y no hemos venido a eso. Pero para que os hagáis una idea: ahora mismo tengo delante un globo terráqueo que parece superantiguo y tiene varias notas escritas a mano. Supongo que serán los lugares donde ha estado el profesor Marloc. ¡Esperad! ¡Mira esto, Tomás!

—¡¿Qué?! —preguntaron Isabel y Julia al mismo tiempo.

La explicación de los chicos tardó solo unos segundos en llegar:

—¡La Atlántida! ¡En este mapa está dibujada la Atlántida! —exclamó Ernesto.

—¿En serio?

—Sí, de verdad. Está justo...

—¡Y mira esto! —se oyó a Tomás.

—¡¿Qué?! —repitieron las chicas, cada vez más desesperadas por no poder estar allí con sus amigos.

—¿Qué pone ahí? —preguntó Ernesto—. A...va... lon. Ávalon. ¡Ávalon!

—¿Ávalon? —se le escapó a Julia.

—Es una isla al sur de Inglaterra.

—Estabas a punto de decir dónde estaba la Atlántida.

—Según este trasto, nada más cruzar el estrecho de Gibraltar —contestó Ernesto—. ¡Este globo es alucinante! Seguro que, si nos fijamos, hay más sitios como estos.

—Bueno, dejadlo para más tarde. ¿Qué más hay ahí? —quiso saber Isabel.

—A ver, al lado del globo terráqueo hay... lo que parece una brújula. Es preciosa, está hecha de plata. Y un poco más allá tenemos un aparato muy raro... que no para de moverse.

—Movimiento perpetuo —apuntó Tomás, leyendo una chapa dorada atornillada al aparato.

—El movimiento perpetuo es imposible —repuso Julia desde la habitación de Isabel—. Nadie lo ha conseguido.

—Pues es lo que pone aquí, y este cacharro se mueve.

—Bueno, ¿qué más? —insistió Isabel.

—Un espejo. No, perdón, un montón de espejos. Este Alexander Marloc tiene que ser un fanático de los espejos. Pero... —No terminó la frase. Se hizo el silencio y las dos chicas empezaron a impacientarse.

—¿Tomás?

Silencio.

—¿Tomás, Ernesto?

Más silencio.

—¿Zorro Rojo? ¡Contesta!

Y más silencio.

—¡Que te suelto una colleja!

—No son espejos —llegó por fin la voz de Ernesto—. Bueno, sí que lo son, pero...

—¿Pero?

—Son raros. Tomás está delante de uno de ellos y no se refleja en el cristal.

—Este espejo no funciona —sentenció Tomás.

—O tú eres un vampiro —apuntó Ernesto—. Ve al siguiente espejo, a ver qué pasa.

Tomás le hizo caso y el nuevo espejo mostró su reflejo, aunque no como debería, sino como si estuviera de espaldas. Ernesto vio en el espejo lo mismo que tenía ante sí, la nuca y la coronilla de su amigo.

—Lo dicho, esto es muy raro.

—Me están entrando ganas de irme de aquí —murmuró Tomás.

Ernesto no perdió la oportunidad de devolvérsela:

—¿Lo que huelo es aroma a cagarro, Tomás? ¿Eau de Cloac, tal vez? ¿Te has hecho popó?

—¿Qué pasa con el espejo? —preguntó Isabel.

—Que está al revés. Bueno, no, que refleja las cosas al revés. Este Marloc es un bicho raro, os lo digo yo. Oídme, chicas, vamos a seguir echando un vistazo por aquí. Cinco minutos y nos pondremos en contacto.

# 5

# SILENCIO

Pasaron cinco minutos, pero Tomás y Ernesto no se pusieron en contacto.

Pasaron seis minutos, luego siete.

—Prueba a llamarlos tú —dijo Julia.

—Zorro Rojo, ¿me oyes?

No hubo respuesta.

Transcurrieron otros tres minutos. Diez desde la última conexión, y continuó el silencio.

—¿Zorro? ¿Tomás? ¿Ernesto?

Cinco minutos más.

—Esto no me gusta —murmuró Julia.

Ella e Isabel se levantaron y fueron hasta la ventana para asomarse al exterior. Las hojas del sicomoro se movían agitadas por la brisa y, un poco más allá, se alzaba la mole de la mansión del profesor Alexander Marloc, envuelta en la oscuridad más absoluta.

—A mí tampoco —dijo Isabel.

—¿Qué hacemos?

—No sé. ¿Les damos otros cinco minutos?

—¿Y si entonces tampoco se ponen en contacto?

Isabel miró a Julia, mordiéndose los labios.

—Si mi madre se entera de que les he dado la llave para entrar a escondidas en la casa del profesor...

—No se lo diremos, todavía. Antes de eso, iremos tú y yo a ver qué sucede, ¿vale? Además, tu madre ya estará dormida, ¿no?

Isabel asintió y entonces se le ocurrió una nueva idea:

—Puede que su *walkie-talkie* se haya quedado sin pilas.

—Sí, puede.

Pasó el primer minuto de los cinco que habían decidido esperar. Lo que, en total, sumaba dieciséis minutos de silencio por parte de los dos chicos.

Otro minuto. Diecisiete.

Otro más. Dieciocho.

—¿Chicos? ¡Por favor, contestad de una vez! ¿Ernesto? ¿Tomás?

Minuto diecinueve. Y silencio.

—Prepárate, Isabel —dijo Julia—. Vamos a buscar a esos dos.

Isabel asintió en silencio. Se colocó el *walkie-talkie* en el cinturón y se acercó a la puerta del cuarto. La abrió con sumo cuidado y oteó el pasillo. Todas las luces estaban apagadas, de modo que supuso que tanto su madre como su hermano estaban durmiendo. Volvió a

cerrar y regresó a la ventana, que Julia ya había abierto.

—¿Lista?

—Lista.

—Pues al rescate. ¿Tienes más linternas?

A Isabel le cambió el color de la cara. Primero la tenía roja por la tensión y luego palideció como si la hubiera cubierto con polvos de talco.

—No. Solo había dos linternas. Y tampoco tenemos más llaves para entrar en casa del profesor.

—Puede que los chicos la hayan dejado abierta. Y si no, llamaremos al timbre. Venga, vamos. —Julia se sentó en el alféizar de la ventana y se descolgó hacia el jardín.

Isabel la siguió y las dos cruzaron con sigilo hacia la casa de Marloc.

—Como se despierte mi madre y le dé por asomarse a mi habitación, se nos va a caer el pelo —dijo Isabel—. A mí sobre todo.

—Pues como tu vecino esté en su casa y haya pillado *in fraganti* a mi hermano y a Tomás, será todavía peor.

—Pero el profesor no está, te lo aseguro.

Al principio, desde lejos, daba la impresión de que la puerta de la casa estaba cerrada, pero al acercarse comprobaron con alivio que solo estaba entornada. Las chicas cogieron aire y lo soltaron despacio para tratar de calmar los nervios que, pese a todos sus propósitos, se estaban apoderando de ellas.

—Adelante.

Isabel puso la palma de la mano sobre la madera y la empujó levemente. La puerta cedió con suavidad.

# 6

## UN POCO DE LUZ

Primero apareció ante ellas *El pensador* de Rodin, la lámpara apagada y el espejo rectangular que Tomás les había descrito. Pero en el espejo, en lugar de la cara asustada de Ernesto, aparecían ahora las suyas, no asustadas, pero sí muy preocupadas.

—¿Chicos? —llamó Julia en susurros. No hubo respuesta—. Si esto es una broma, no tiene gracia. Ninguna gracia, que lo sepáis. Os voy a dar mil collejas a cada uno.

—¿Oyes eso? —la interrumpió Isabel.

Julia guardó silencio y aguzó el oído.

—No, nada.

—Vale, menos mal. Entonces son los latidos de mi corazón. Creía que alguien estaba tocando un tambor.

El pasillo que salía del vestíbulo estaba totalmente a oscuras, y ninguna de las dos tenía muchas ganas de avanzar en esa dirección.

—¿Encendemos las luces? —sugirió Julia.

—¡No! Las verían desde la calle. Y también podría verlas mi madre si le da por asomarse a la ventana.

—Entonces, ve tú delante.

—Voy —dijo Isabel, pero no se movió—. Voy. —Y siguió sin moverse.

—¿Vas?

—Voy.

—Pues venga.

—Bueno, vamos a encender alguna luz.

—Mejor. Sí.

Isabel palpó la pared hasta dar con el interruptor y, al pulsarlo, una lámpara que colgaba del techo parpadeó un par de veces antes de encenderse por fin y proyectar una claridad amarillenta por todo el pasillo.

A unos pocos pasos se veía una primera puerta, e Isabel fue hasta ella, seguida por Julia. Daba a la sala de los espejos y cachivaches. Vieron el globo terráqueo y no pudieron evitar buscar aquellos dos lugares legendarios que sus amigos habían mencionado: Ávalon y la Atlántida.

—Mira, fíjate en esto —dijo Julia, poniendo el dedo índice en un punto del océano Atlántico—. Aquí, en las islas Canarias, hay una de más.

—¡Qué raro! —murmuró Isabel.

—Sí, muy raro.

—Vamos a ver qué más encontramos por aquí.

—No, Isabel, ya lo haremos más tarde. Ahora tenemos que encontrar a los chicos. Puede que les haya pasado algo o que estén en peligro.

Isabel asintió y siguió a su amiga de vuelta al pasi-

llo, que giraba hacia la derecha, internándose en lo desconocido.

—¿A quién se le ocurre meterse en una casa ajena en plena noche? —dijo.

—A ti, Isabel, a ti. La idea fue tuya.

—Ya lo sé, no hace falta que me lo recuerdes. —Pulsó el botón del *walkie-talkie* y probó suerte de nuevo—: ¿Zorro Rojo, estás ahí? ¿Ernesto?

Esta vez oyeron una especie de respuesta. Algo semejante a una respuesta, al menos. No era una voz, sino un zumbido distorsionado, como si un enjambre de abejas se hubiera metido dentro del aparato.

Isabel y Julia se miraron y contuvieron el aliento. El zumbido se apagó e Isabel aprovechó para repetir la llamada:

—¿Ernesto, Zorro?

Volvió a sonar el zumbido y, justo cuando parecía estar apagándose de nuevo, un fragmento de una palabra:

—¿...icas?

—¡Es Tomás! —exclamó Julia, sin darse cuenta de que había levantado la voz. Isabel ya estaba hablando otra vez por el *walkie-talkie:*

—¡Tomás! ¿Dónde estáis?

Unos segundos de silencio, y después, por fin, una frase clara y nítida:

—En la casa de tu vecino, guapa.

—¡¿No me digas?! Nosotras también. ¿Dónde estáis EXACTAMENTE?

Una vez más se oyó el enjambre de abejas, y luego:

—...ótano.

—¿En el sótano?

—Sí. Se... rró la puerta y no ...emos abrirla. Llevo llaman... de entonces, pero no respondíais.

—Porque no te oíamos. También os estábamos llamando nosotras.

—Será que, al estar bajo el nivel del suelo, los *walkie-talkies* no tienen suficiente alcance —sugirió Julia.

—¿Estáis bien? Nos habíamos preocupado por vosotros.

—...ueno. Todo lo bien que se pu... estar enc... ados... un sótano.

—¿Dónde está la puerta? —preguntó Isabel.

—¿Estáis... la casa?

—Sí. Acabamos de pasar por la sala del globo terráqueo.

—Vale. Pues... id por el pasillo. Hay... puertas más, la casa es... orme. La... segunda... erta en el lado izqui... es la que... va al sótano. Estamos aquí..., justo detrás.

Las dos chicas siguieron las instrucciones y se situaron ante la puerta. Allí ya no hicieron falta los *walkie-talkies.*

—¿Estáis ahí?

—¡Sí! Abrid.

Julia hizo girar el pomo y la puerta cedió sin dificultad.

—¡Buff, menos mal! —soltó Ernesto—. Ya me veía aquí dentro el resto de mi vida, teniendo que apuntarme a la universidad a distancia y todo eso.

—¡Mira que sois torpes! —recriminó Julia—. Si no llegamos a venir...

—Tranquila, Comadreja Peluda, no te eches flores —dijo Tomás.

*¡Zassss! ¡Plafff! ¡Ayyy!* Esos fueron, por orden, los sonidos que se oyeron tras la frase de Tomás. El primero lo hizo la mano de Julia surcando el aire a la velocidad del rayo; el segundo, la palma de esa misma mano al impactar contra la nuca de Tomás; y el tercero lo produjo el propio Tomás al sentir el calor abrasador del dolor.

—¿A qué viene eso?

—Por llamarme Comadreja Peluda, por quedarte aquí encerrado y por darnos un susto de muerte.

—Entonces, ¿por qué no le pegas también a Ernesto?

—Porque es mi hermano y podré pegarle en casa, cuando menos se lo espere.

—Ah, vale, en ese caso... Pero recuerda que yo soy tu futuro novio, nena, no me des tan fuerte si no quieres que me quede tonto.

*¡Zassss! ¡Plafff! ¡Ayyy!*

Primer paso: Mano voladora.

Segundo paso: Impacto (tremendo) de la palma de la mano de Julia contra la nuca de Tomás.

Tercer paso: gemido lastimero de Tomás.

—¡Ya basta! —ordenó Isabel. Los demás la miraron, sorprendidos por el tono de su voz—. La verdad es que nos habéis dado un buen susto. ¿Cómo os habéis quedado encerrados?

—He intentado dejar la puerta entornada, pero se ha cerrado —explicó Tomás—. Y por dentro no tiene pomo para abrirla. O abres con llave o nada. Y la llave no está entre las del llavero, las hemos probado todas.

—Pero ha valido la pena —repuso Ernesto.

—¿Por qué?

—Porque así no hace falta que os contemos lo que hay ahí abajo —dijo el chico, señalando hacia las escaleras que descendían a las profundidades del subsuelo—. Podéis verlo vosotras mismas.

Julia e Isabel siguieron con la mirada el haz de luz de la linterna de Ernesto, que iluminó los escalones.

# 7

# LA ESTACIÓN DE PARTIDA

Antes de bajar, buscaron algo que mantuviese la puerta abierta. A Ernesto se le ocurrió colocar *El pensador* de Rodin a modo de tope.

Abajo, la estancia era amplia. Tal vez ocupase la misma extensión que la casa que había encima, pero allí solo había una habitación, con el suelo de madera. Era una biblioteca. O una sala de estudio. O ambas cosas. Contenía libros. Las paredes estaban cubiertas, desde el suelo hasta el techo, de estantes llenos de libros. Contar cuántos habría llevado horas, tal vez días. También había un escritorio, en un lado, con una única silla que casi parecía un trono. Y unas cuantas vitrinas en cuyo interior se veían varios dibujos expuestos y mapas de aspecto muy antiguo.

En lo que parecía ser el centro exacto de la habitación, se alzaba una mesa de una sola pata, que tenía forma de columna de poco más de un metro veinte de

altura, de mármol blanco o algún material semejante. Y, sobre ella, varios libros abiertos.

Los cuatro chicos se apartaron de la escalera y echaron un vistazo.

—Ese hombre ha debido de gastarse una fortuna en libros —comentó Julia.

—Ya te digo —corroboró Tomás.

—¿Creéis que se los habrá leído todos? —preguntó Ernesto.

—¿Todos? Imposible. ¿Tú has visto cuántos hay? —repuso Tomás.

No muy convencida de lo que hacía, Isabel se acercó a la mesa de mármol y miró uno de los volúmenes para ver el título, que figuraba en la parte superior de la página por la que estaba abierto.

—*Moby Dick* —leyó en voz alta.

Ernesto se unió a ella.

—Es raro, ¿no? ¿Por qué están todos abiertos? ¿Los estaba leyendo a la vez?

Isabel hizo un mohín de indiferencia y caminó hacia una de las estanterías para ver qué otros libros había allí. Ernesto leyó la primera frase de la página de *Moby Dick*.

—¡Por ahí resopla!

# 8

# ¿MOBY DICK?

Isabel, Julia y Tomás continuaron inspeccionando el resto de la habitación, pero Ernesto tenía ahora la mirada clavada en las páginas del libro abierto. Sentía como si, de algún modo, aquellas palabras lo atrajesen. No porque tuviese ganas de leer la historia, sino porque... Bueno, ni el propio Ernesto habría sido capaz de explicárselo a sus amigos, porque el texto acababa de desaparecer ante sus ojos, se había disuelto en una mancha que al principio era de tinta, pero enseguida se convirtió en otro líquido, azul oscuro, que se movía. Se movía, ondulaba. Salpicaba. Aquel líquido azul oscuro mojó la cara de Ernesto.

Julia se dio la vuelta un momento y miró de nuevo los libros abiertos sobre aquella mesa. Su hermano Ernesto no estaba allí, pero ella no le dio importancia, ni siquiera lo buscó; dio por supuesto que estaba en otro punto de la habitación.

Pero no. Ernesto no estaba en ningún otro punto de la habitación. En aquel mismo instante, se hallaba a bordo de una embarcación de remos en la que iban otros siete hombres, grandes y robustos. El mar, porque eso era aquel líquido azul oscuro que se movía y agitaba y le salpicaba, se extendía hasta donde alcanzaba la vista, excepto por un barco que debía de estar a unos cien metros de ellos. No se dirigían hacia la nave, sino que se alejaban de ella, pero Ernesto no podía ver hacia dónde iban. Estaba sentado en la popa de aquella pequeña embarcación y las olas los zarandeaban, los hacían subir y bajar... y Ernesto se aferró a la borda mientras miraba en todas direcciones... buscando a su hermana y a sus amigos, buscando aquella habitación en la que había estado hacía un momento, el sótano de la casa del profesor Marloc.

Sin embargo, no había ni rastro de ese lugar. Las paredes y el techo se habían transformado en un cielo cubierto de nubes grises que casi parecían pintadas a mano.

—¡Por allí resopla! —gritó alguien.

Y en ese momento Ernesto por fin pudo ver hacia dónde se dirigían: hacia algo blanco que acababa de asomar en la superficie del agua, a su derecha.

—¡A estribor!

La pequeña embarcación viró hacia la derecha. Dos de los hombres que iban junto a Ernesto se pusieron en pie, con las piernas separadas para mantener el equilibrio en el vaivén de las olas, sosteniendo sendos

arpones en las manos. De pronto, Ernesto comprendió qué era aquel montículo blanco que había surgido a estribor.

—¡Una ballena! —exclamó, sin poder contenerse—. ¡Es una ballena!

Otro de los hombres se volvió hacia él y le dirigió una extraña sonrisa, como si el hecho de que Ernesto estuviese allí fuese lo más normal del mundo.

—No —dijo—, no es una ballena. ¡Es la ballena! ¡La gran ballena blanca!

Ernesto miró hacia delante y alcanzó a distinguir el ojo del animal, que parecía vigilar con atención a los hombres que se acercaban a ella.

—¿Moby Dick? —balbuceó el chico.

—¡Moby Dick! —asintió el hombre, que ya no miraba a Ernesto, sino a la ballena, como todos los demás, pues aquel animal era enorme...

Los segundos se ralentizaron, el tiempo parecía querer detenerse en aquel preciso instante. Los hombres miraban la ballena y la ballena los miraba a ellos. El fragor de las olas y el viento quedó ahogado por la respiración de Ernesto y los latidos de su corazón, que resonaban como martillazos.

También él se puso en pie, igual que los arponeros, y miró hacia atrás, hacia el barco. Había un grupo de hombres asomados a la borda, y una segunda embarcación de remos avanzaba hacia la ballena. ¿Estaría allí el capitán Ahab? Ernesto no pudo evitar planteárselo. En su cabeza había demasiadas preguntas sin respuesta. ¿Cómo había llegado él hasta allí? ¿Cómo había salido del sótano? ¿Dónde estaban los otros tres? ¿De verdad aquella mole blanca era Moby Dick? ¿De verdad aquel mar y aquellas olas y aquella embarcación y aquellos hombres y aquel barco y aquella ballena estaban allí, ante sus ojos alucinados? ¿De verdad? ¿O era todo parte de un sueño? ¿Era eso lo que ocurría? ¿Estaba en su cama, en su propia casa, no en la del vecino de Isabel, sino en la suya, y estaba soñando? ¿No había entrado con Tomás en la mansión del misterioso profesor, ni se había quedado encerrado en el sótano hasta que Isabel y Julia habían ido a rescatarlos?

Se pellizcó. Mientras dos de los hombres continuaban remando y otros dos levantaban los arpones, Ernesto se pellizcó. Con la mano derecha en el antebrazo izquierdo.

Y le dolió.

Los pellizcos no duelen en los sueños.

Contempló la marca de sus uñas en la piel de su brazo izquierdo, y el dolor persistió. No era un sueño.

No.

Miró hacia delante y volvió a ver el ojo de la ballena. El ojo de Moby Dick. Y él, Ernesto, estaba allí, en aquel ojo. Moby Dick le estaba viendo. A él y a todos los que le acompañaban en su pequeña embarcación.

—¡Ahora! —ordenó alguien. Y los dos arponeros se dispusieron a lanzar sus armas.

Pero no llegaron a hacerlo. Algo golpeó la embarcación por debajo y todos, hombres y madera, salieron volando por los aires. La embarcación se rompió en mil pedazos y los hombres ni siquiera tuvieron tiempo de gritar.

Moby Dick había esperado a que se acercaran lo suficiente para golpearlos con la cola.

Ernesto vio que el mar se alejaba de él y luego se acercaba otra vez, a gran velocidad. Todo ocurrió tan rápido que ni siquiera llegó a sentir vértigo. Cayó de cabeza y se hundió. En cuanto pudo, movió los brazos para darse la vuelta y buscó la superficie, impulsándose también con las piernas. Necesitaba respirar. Le faltaba el aire...

# 9

# AIRE, TINTA... Y SANGRE

Qué haces?

Ernesto boqueó varias veces para llenar sus pulmones de aire. Jadeaba.

Le dolía el pecho y notaba un molesto zumbido en los oídos.

Tenía el sabor de la sal en el paladar. Había tragado algo de agua justo antes de salir a la superficie.

¿La superficie?

La ballena se lo había tragado. Eso debía de ser. Por eso allí no había agua... Aparte de la que le empapaba de pies a cabeza.

—¿Cómo te has puesto así?

La voz.

La voz era la de su hermana. ¿La ballena también se había tragado a Julia? El zumbido de sus oídos apenas le permitía oír lo que le decía, pero la voz era la de su hermana. Estaba seguro.

De pronto, Julia apareció en su campo de visión.

—¡Julia!

Y detrás de ella estaban Tomás e Isabel. Los tres se inclinaban sobre él.

Ernesto estaba tumbado. Y, ahora que se fijaba, aquello no parecía la boca ni la panza de una ballena. Era una habitación, cuatro paredes... cubiertas de libros y mapas. El sótano de la casa del profesor Marloc.

—¿Cómo te has mojado tanto? —oyó que le preguntaba Tomás.

—Moby...

—¿Qué ha dicho? —Isabel miró a Julia y a Tomás. Ernesto había abierto la boca, pero los sonidos que pronunciaba no tenían mucho sentido.

—¿Alguno de vosotros ha visto cómo se ha caído?

—Yo no... Sin querer le he dado un golpe al libro que estaba ahí abierto y se ha caído al suelo —dijo Tomás—, y cuando me he agachado para recogerlo... Ernesto estaba así.

—¡¿Pero cómo se ha mojado?!

—Moby...

—Dice que lo movamos, creo —dijo Julia.

—¡No! ¡Moby Dick! —exclamó Ernesto.

—Sí, ese es el libro que he tirado sin querer —empezó a decir Tomás—. Pero tranqui, que no se ha roto. Mira, lo tengo aquí, ¿lo ves? —Le mostró el volumen, que ahora tenía cerrado en su mano—. Lo pongo donde estaba y ya está.

—¡No! ¡No lo abras! ¡Ni se te ocurra! —gritó Ernesto, incorporándose.

Pero su hermana lo detuvo, poniéndole la mano en el pecho.

—Eh, ¿qué tienes ahí?

—¿Qué? ¿Dónde?

Julia le indicó el dorso de su mano izquierda, donde había una pequeña mancha de sangre. Ernesto inspeccionó la herida: no era nada, solo se le había clavado una astilla.

—No abras el libro, Tomás. Por lo que más quieras, no lo abras.

—¿Por qué? ¿Qué pasa con el libro?

—No lo sé... Pero no lo abras.

—¿Puedes explicar de una vez cómo te has mojado? Estás empapado —insistió en saber Julia.

—¿Cómo me he empapado? ¿Que cómo me he empapado? —Ernesto se levantó y dejó en el suelo un pequeño charco de agua—. ¡Me ha tirado! ¡Ha destrozado la barca y nos ha tirado a todos al agua! ¡He estado a punto de ahogarme!

—¡Espera, para! —intervino Tomás.

—Sí, para un poco —dijo Isabel—. ¿Cómo que «a todos»? ¿Cómo que has estado a punto de ahogarte? ¿De qué estás hablando?

—¿Quién te ha tirado? —añadió Julia.

—¿Y de qué barca estás hablando?

Ernesto los miró a los tres y luego paseó la mirada por la habitación. Estaba de nuevo en el sótano. Allí no había ningún mar, ninguna embarcación, y tampoco arponeros... Ni la ballena blanca ni el capitán Ahab. Allí parecían estar a salvo.

—Vámonos de aquí y os lo contaré.

Su cara de espanto convenció a los demás, que ardían en deseos de oír aquella explicación.

Subieron las escaleras, acompañados del *chuic, chuic, chuic* que producían las zapatillas llenas de agua de Ernesto.

# SEGUNDA PARTE

# PUERTAS

# 10

# MOBY DICK

Oh, venga ya, hombre!

La exclamación era de Zorro Rojo, que no había podido contenerse tras escuchar el extraño relato de Ernesto sobre Moby Dick y los arponeros. Estaban de vuelta en el dormitorio de Isabel y hablaban en susurros.

—Ya sé que suena increíble —se defendió Ernesto.

—No, ¡qué va! —contestó Tomás, con sarcasmo.

—¿Increíble? ¡Ni mucho menos! —intervino Isabel.

Julia era la única que no decía nada. No podía. Estaba mirando a su hermano con gesto preocupado. Estaba claro que se había dado un golpe en la cabeza y había sufrido algún tipo de alucinación... Pero eso no explicaba el charco de agua que había dejado en el suelo ni lo mojadas que estaban sus ropas.

—Tú mismo te das cuenta de que lo que dices no

tiene ni pies ni cabeza, ¿verdad, Ernesto? —insistió Isabel.

Ernesto la miró. Sí. Era consciente de que su historia no tenía sentido. Pero también sabía que era cierta. Porque la había vivido él mismo, había sido él quien había salido volando por los aires con el coletazo de Moby Dick.

—Chicos, si me lo contaseis cualquiera de vosotros, no me lo creería, lo admito. Pero... os estoy contando la verdad. Os lo prometo.

—Mírame a los ojos y dime que es verdad —exigió su hermana.

Ernesto así lo hizo y Julia acabó por asentir.

—Vale, te creo.

—¡¡¡¿Cómo?!!! —exclamó Tomás—. No puede ser. Se ha caído, se ha golpeado en la cocorota y se lo ha imaginado todo. Ni más ni menos.

—¿Y lo del agua? —le preguntó Julia—. ¿Cómo explicas lo del agua?

Tomás miró a Ernesto, que seguía mojado pese a que Isabel le había dado una toalla para que se secase un poco.

—Sí... bueno... eso...

—Eso no tiene explicación a no ser que aceptemos que está diciendo la verdad —insistió Julia—. Y tampoco tiene explicación lo de la astilla que se ha clavado en la mano.

—Es de la embarcación, cuando Moby Dick la rompió de un coletazo —explicó Ernesto.

—Estábamos los cuatro juntos allí, en el sótano —sentenció Julia.

—¡Pero yo no lo vi entrar en el libro!

—Ni yo.

—Estabais los tres revisando las estanterías —recordó Ernesto—. Yo me fijé un momento en el libro abierto y entonces... ¡¡¡Tomás!!! ¿Qué has hecho?

—¿Qué? ¿Qué he hecho? —se asustó Tomás.

—¿Por qué te lo has traído?

Tomás bajó la vista hacia donde Ernesto le señalaba y descubrió, en su propia mano, el libro, *Moby Dick*.

—No... no me he dado cuenta.

Lo había recogido del suelo y, cuando iba a devolverlo a su sitio, Ernesto le había pedido que no lo abriese. Tomás se lo había quedado en la mano y ni siquiera había reparado en su peso hasta ese momento.

—Han sido los nervios —se excusó—. Tú me has puesto nervioso y... y... ¡No me he dado cuenta de que tenía el libro en la mano!

—¿Cómo puedes no darte cuenta de que tienes un libro en la mano?

—Ahora tendremos que volver allí para dejarlo donde estaba —dijo Julia—. Porque si no, el profesor se dará cuenta de que alguien ha estado en su sótano.

—Y se nos caerá el pelo —concluyó Tomás.

—Esperad, esperad —los interrumpió Isabel—. Nos estamos saltando algo importante.

—¿Qué parte?

—Pues que hemos descubierto cómo pudo irse el profesor Marloc sin salir por la puerta de su casa.

Los otros tres se la quedaron mirando con cara de pasmo.

—¿Estás diciendo que...?

—¿Tú crees...?

—Sí, eso es precisamente lo que estoy diciendo. Y no es que lo crea, estoy segura. El profesor Marloc se fue por el mismo sitio que Ernesto.

Los ojos de los cuatro se posaron sobre el libro que sostenía Zorro Rojo. ¿El profesor Alexander Marloc estaba allí dentro?

—El profesor ha ideado la manera de entrar en ese

libro, ya os dije que era un genio y un gran inventor. Y lo ha probado él mismo, seguro que con el otro hombre que fue a visitarlo, el dueño del Rolls Royce —dijo Isabel.

Todos guardaron silencio un momento, pensando en lo que significaba aquello.

—Es... —balbuceó Julia, buscando en vano una palabra que describiera adecuadamente lo ocurrido.

—¡Alucinante! —remató Tomás—. ¡Es alucinante!

—¿Os dais cuenta? —preguntó de repente Ernesto, con voz sombría.

—¿De qué? —dijeron los demás, mirándole.

—Pues... Veréis... No sé cómo entré en el libro, pero creo que si salí justo cuando lo hice fue porque Tomás lo tiró al suelo sin querer, y con el golpe el libro me expulsó.

—Es... posible, supongo —admitió Isabel.

—Sí, pero ¿cómo va a salir tu vecino? —dijo Ernesto.

—Del mismo modo que entró —respondió Julia—. Tendrá su manera de hacerlo.

—O también podría ocurrir que ahora no pueda salir —continuó su hermano—, porque para salir necesita que el libro esté abierto, por eso lo dejó así. Y por eso me colé yo también, porque al estar el libro abierto era como una puerta de par en par, tanto para entrar como para salir. ¡Y ahora lo hemos cerrado! Por no mencionar que lo hemos movido de sitio.

—¿Recordáis por qué página estaba abierto? —preguntó Isabel.

—La... —dudó Ernesto—. No, no me acuerdo.

—Bueno, imagino que solo tenemos que buscar el punto donde ocurre lo que tú viviste ahí dentro, cuando los arponeros están a punto de atacar a la ballena.

—¡Ni se te ocurra! ¿Y si al abrirlo nos colamos otra vez dentro?

—Sí, mejor dejar el libro quietecito.

—Pero, entonces, puede que estemos dejando al profesor Marloc ahí encerrado, ¿no creéis? —sugirió Isabel.

—Bueno, yo lo he traído hasta aquí —dijo Tomás—, así que yo me encargaré de devolverlo a su sitio y dejarlo tal y como estaba. Supongo que bastará con que no mire el texto al abrirlo. Lo abriré por una página cualquiera, y que el profesor de las narices se las apañe para salir. Y si no puede, que no hubiese entrado. Que se hubiera ido en avión, o en tren, o en coche, como todo el mundo. ¡¿A quién se le ocurre meterse en un libro?! ¡Y encima, en uno tan gordo como este!

—Te acompaño —dijo Ernesto.

—No, tú acaba de secarte y ponte el pijama. Y será mejor que vosotras dos también os quedéis aquí —dijo, mirando a Isabel—, no vaya a ser que tu madre venga a ver por qué no estamos durmiendo. No tardaré, y tranquilos, que no pienso tocar nada en esa casa de locos. Dejaré el libro donde estaba y volveré pitando. ¿Vale?

—No quiero que vayas solo —repuso Julia—. Te acompaño.

—Que no. Si viene la madre de Isabel, podéis decirle que estoy en el aseo, que me ha dado un apretón por cenar demasiado, pero ahora ya no se tragará que faltemos dos. En serio, vuelvo enseguida.

Cogió otra vez las llaves de la mansión y se dirigió a la ventana.

—¡Tomás, ni se te ocurra mirar lo que pone en el libro! —le recordó Ernesto—. Por si acaso.

—Me llevo un *walkie-talkie*. Si pasa algo, os aviso.

# 11

# OPERACIÓN ZORRO ROJO 2

Apenas tres minutos después de salir por la ventana de la habitación de Isabel, Tomás estaba de nuevo frente a la puerta del sótano de la casa de al lado.

—Zorro Rojo a Comadrejas Peludas y Chico Encharcado. Cambio.

—¡Déjate de tonterías! —le llegó la voz de Isabel.

—Solo es para deciros que estoy a punto de bajar al sótano, recordad que ahí no hay cobertura.

—¡No mires el libro cuando lo abras!

—Claro que no, ¿te crees que quiero convertirme en alimento de la gran ballena blanca? Volveré a ponerme en contacto en cuanto salga del sótano. *Au revoir, mes amis.*

Se colgó el *walkie-talkie* del cinturón y descendió los escalones. A cada paso que daba, percibía con claridad cómo se le aceleraba el pulso. Recorrió con la linterna la estancia entera. Todo estaba tal y como lo habían dejado, o eso le pareció al menos, porque la verdad era que con las prisas al salir no se había fijado.

Trató de tranquilizarse.

Ahora sí sentía el peso del libro en la mano. Tanto era así que, por un segundo, se le ocurrió pensar que el profesor Marloc estaba intentando salir en aquel preciso instante. No pudo evitar sonreír al imaginarse al inventor chafado entre las páginas del libro, procurando abrirse paso entre las letras escritas. Meneó la cabeza para deshacerse de aquella imagen. Si el profesor aparecía en ese preciso instante, Tomás iba a tener muchos problemas para explicarse.

Avanzó con rapidez hacia la mesa, pero de repente se fijó en algo en lo que antes no había reparado. Ni él ni sus amigos. En el suelo, grabados en relieve sobre la madera, había una sucesión de símbolos que se entrelazaban unos con otros y formaban un círculo alrededor de la mesa. No era fácil distinguirlos porque la luz era escasa y porque eran del mismo color que el suelo. Tomás se quedó con el pie izquierdo levantado, dudando si dar un paso más o salir de allí a toda prisa. ¿Tendrían algo que ver aquellos grabados con lo que le había ocurrido a Ernesto? Se agachó y los examinó con

creciente curiosidad. ¿Serían letras? Desde luego, no formaban parte del alfabeto que él conocía.

Resopló y, por fin, caminó hasta la mesa para depositar el libro encima, aún cerrado. Apoyó la mano sobre la cubierta, pero la dejó allí inmóvil, sin decidirse a dar el siguiente paso. Cerró los ojos, pero su mano seguía sin moverse.

—Oh, venga, Tomás, tienes que abrirlo y largarte —se dijo a sí mismo en voz alta. Pero eso tampoco sirvió de nada.

Había una parte de él que no quería abrir el libro, no porque tuviese miedo de caerse dentro y encontrarse frente a frente con Moby Dick —suponía que podía evitar eso manteniendo los ojos bien cerrados—, sino porque esa parte de él, pequeñita pero tozuda, no paraba de decirle que aquello era algo alucinante. Una aventura. La mayor que podría haberse imaginado. Y no una, ¡miles de aventuras! Porque ¿acaso Marloc solo había conseguido entrar en aquel libro? ¿O era más probable que pudiera entrar en cualquiera? Abrió los ojos y miró los otros volúmenes que ocupaban la superficie de la mesa. ¿Se podía entrar en todos ellos?

Sintió un estremecimiento y no supo si era de temor o de emoción.

Si abría el libro y se marchaba de allí, sabía que no iba a volver. Ni él ni ninguno de los otros. Aquella parte pequeñita y tozuda de sí mismo se lo decía: la aventura estaba allí.

—La aventura es aquí y ahora —dijo en voz alta—.

Un aventurero de verdad no deja la aventura para otro día, la vive cuando se le presenta.

Apartó la mano de la cubierta de Moby Dick y leyó los títulos de algunos de los demás libros. *Romeo y Julieta*. No. No le apetecía una historia de amor trágico. *El nombre de la rosa*. Tampoco. ¿Un diccionario de nombres de flores? Ni hablar. *Viaje a la Luna*. Ese sí le tentó... pero se aguantó las ganas. ¿Y si algo iba mal y se quedaba atrapado en la Luna? Mejor no.

Se detuvo en seco. ¿Qué estaba haciendo?

—¿Qué estás haciendo, Zorro Rojo? —se preguntó.

Y también se contestó:

—Estoy a las puertas de la aventura y no pienso irme sin probarla.

Asintió para convencerse a sí mismo y continuó leyendo los títulos de los libros. *Los viajes de Gulliver*. Otro de viajes, ¡hala! Lo cierto era que había montones de libros. Pasó a otro, a ver si daba con alguno que no estuviese relacionado con viajes. *El cantar de Roldán*. ¿Un musical? No, gracias. El siguiente era *Poema del mio Cid*. Tomás arrugó la nariz, pero enseguida sus ojos se detuvieron en un nuevo título y supo que había dado con lo que buscaba: *La muerte de Arturo*. ¡El rey Arturo!

# 12

# EXCÁLIBUR

Ernesto salió del cuarto de aseo, donde se había secado a conciencia y se había puesto el pijama, y vio a su hermana y a Isabel asomadas a la ventana. Imaginó que Tomás ya estaba de vuelta, escalando hacia el dormitorio.

—¿Ya está aquí?

El gesto de Julia, que fruncía los labios y movía levemente la cabeza a uno y otro lado, le indicó que se equivocaba.

—¿No? Pero ¿cuánto hace que se ha ido?

—Demasiado rato —contestó Isabel.

—No ha tardado nada en llegar allí, pero está tardando muchísimo en volver —añadió Julia—. He mirado la hora cuando ha dicho que iba a bajar al sótano y han pasado ya... —echó un vistazo al reloj para hacer el cálculo— catorce minutos.

—No... no lo habrá hecho... ¿verdad? —murmuró

Ernesto, nervioso—. No estaréis pensando que lo ha hecho, ¿no? ¡No puede haberlo hecho!

—¿Zorro Rojo? —dijo Isabel—. Lo que no sé es cómo no lo hemos pensado, cómo le hemos dejado ir solo. Tomás es capaz de eso y más.

—Pero... pero... ¡Moby Dick puede habérselo tragado! ¿Qué hacemos si se lo ha tragado? ¿Eh, qué hacemos si la ballena se lo ha zampado?

Ninguna de las chicas respondió. No sabían qué decir. Zorro Rojo acostumbraba a hacer cosas sin pen-

sar demasiado en las posibles consecuencias, locuras y gamberradas a las que solía arrastrar a los demás, pero aquello... aquello era pasarse de la raya. Si realmente lo había hecho...

—Puede que haya vuelto a quedarse encerrado —sugirió Julia.

—No. Tan torpe no es. Se ha metido en el libro, estoy segura —afirmó Isabel.

—No tendrás algo de ropa que prestarme, ¿verdad, Isabel? —preguntó Ernesto.

—De chico no. Y la ropa de mi padre no puedo cogerla; además, te estaría grande.

—Pues no me apetece salir a la calle en pijama.

—¿Prefieres que te deje uno de mis vestidos?

—¿No tienes un chándal que pueda ponerme? Tenemos casi la misma altura.

—Mi chándal es rosa. Te lo dejo, pero creía que odiabas el rosa.

Ernesto dudó un momento ante la atenta mirada de las dos chicas.

—Me quedo con el pijama.

—¿Qué hacemos? —quiso saber Julia.

—Tenemos que ir a comprobar si Tomás ha entrado en el libro.

—¿Los tres?

—Yo preferiría que no nos separásemos más, la verdad —dijo Ernesto.

—¿Y si viene...?

—¿Mi madre? A esta hora ya no creo que lo haga.

Es más de medianoche. Y no nos queda otra opción: hemos de correr el riesgo.

—De acuerdo. Pues vamos allá.

Como la vez anterior, Tomás había dejado la puerta de la casa del profesor Alexander Marloc entreabierta, así que pudieron entrar sin problemas. Pasaron de largo la sala de los cachivaches y fueron directamente hasta la puerta del sótano, que estaba abierta.

—Os lo dije —susurró Isabel—. No se ha quedado encerrado.

Ernesto, con su pijama estampado de astronautas y dinosaurios con escafandras, fue el primero en bajar las escaleras y, al llegar abajo, soltó una exclamación que confirmó lo que los tres sospechaban. Tomás no se encontraba allí. Sobre el pedestal de lectura estaba el ejemplar de Moby Dick, cerrado, y a su lado, otros libros.

—Se acabó lo de Zorro Rojo —exclamó Julia—. A partir de ahora, ¡Zorro Tonto de Remate! Le voy a dar collejas hasta que cumpla la mayoría de edad. O hasta que se jubile.

—Yo también le daré alguna —se apuntó su hermano.

Isabel se acercó al pedestal.

—Bueno, parece que la ballena no se lo ha comido.
El libro de *Moby Dick* está cerrado.

—¿Y en cuál se ha metido? —preguntó Julia.

—No quiero mirar, por si me tragan a mí también.

Julia se situó a su lado, cerró los ojos y tanteó con la
mano para ir dando la vuelta a los demás libros. Entonces volvió a abrir los ojos y los tres leyeron los títulos
de las cubiertas.

Ernesto no dudó.

—¡Este! Siempre le han gustado las historias del
rey Arturo y los caballeros de la Mesa Redonda —dijo.

—Tenemos que sacarlo de ahí —resolvió Isabel.

—Sí, pero ¿cómo?

\* \* \*

Tan solo unos minutos antes, Tomás había abierto
aquel mismo libro por una página al azar. Le daba
igual por dónde, solo quería comprobar si de verdad
podía entrar en aquella historia y conocer en persona

al rey Arturo. Y a Merlín. Y a Ginebra, y a Lanzarote, y a sir Gawain, y a todos los demás caballeros.

Al principio no había pasado nada. Podía leer las palabras con total normalidad, lo que le hizo creer que aquel era un libro cualquiera, no una puerta.

—El profesor Marloc solo lo ha hecho con *Moby Dick*. Debe de ser su favorito, supongo. ¡Qué rabia!

Estaba a punto de desistir cuando se le ocurrió otra cosa: a lo mejor no se trataba de leer el texto escrito, sino de mirar más allá. Intentar ver a través de la tinta impresa, atravesar el papel. Porque el mundo creado por aquellos símbolos de tinta existía en el fondo del papel, o al otro lado del papel... o en alguna parte. Así pues, entrecerró los ojos y trató de concentrarse. Ante él, las palabras empezaron a distorsionarse, a mezclarse unas con otras; las líneas se ondulaban, se tocaban, el espacio que separaba los renglones adquirió de pronto profundidad, casi como un abismo. Tomás sintió un atisbo de miedo, aunque luchó por controlarlo. ¿Eran imaginaciones suyas o aquello estaba sucediendo de verdad?

El texto había desaparecido. Las letras se habían deformado y la tinta creaba una mancha oscura sobre

la página. Una mancha oscura que lo atraía. Tomás notó que algo tiraba de él, que su cuerpo era absorbido por la mancha, y en su cabeza surgió la imagen de una aspiradora gigantesca.

Cayó al agua.

Se hundió.

Quiso gritar, pero se contuvo porque eso solo le habría servido para tragar agua.

Antes de salir a la superficie, se preguntó cómo era posible que estuviese bajo el agua. Había imaginado que aparecería en algún prado inglés donde se celebrase un torneo entre caballeros, o en un castillo, en Camelot quizá, pero no bajo el agua. Eso era, más o menos, lo que le había ocurrido a Ernesto... ¿Significaba entonces que se encontraba en el mar, que Moby Dick andaba por allí, que daba igual en qué libro entrase, porque todos iban a dar al mismo sitio?

Pero enseguida se dio cuenta de que el agua que lo envolvía no era salada. No estaba en el mar.

Sacó la cabeza y boqueó varias veces mientras miraba a su alrededor. El agua era turbia y verdosa, y desde el fondo crecían varios árboles cuyos troncos se alzaban cubiertos de musgo. En la orilla, un bosque se extendía en todas direcciones. Había caído en un lago.

No hacía pie, de modo que comenzó a nadar hacia la orilla más cercana, pero entonces algo le llamó la atención. Un resplandor. Una especie de luz, como si lo hubiesen enfocado con una linterna. Se quedó paralizado y miró en esa dirección. Y, al descubrir qué era lo que brillaba, su corazón dejó de latir.

No muy lejos de él, un brazo asomaba del agua, empuñando una espada. ¿Qué era eso? ¿Alguien pretendía atacarle? Un rayo de sol caía justo sobre la hoja de la espada y despedía un destello, como el de los faros que guían a los barcos por las noches.

—¿Hola? —dijo Tomás, con voz temblorosa. Nadie le contestó y, tras varios segundos de espera, se dio cuenta de que el brazo no se movía. Solo estaba ahí quieto, sobresaliendo de la superficie, sosteniendo la espada en alto.

Zorro Rojo se esforzó por recordar lo que sabía de las leyendas del rey Arturo, pero aquello no le sonaba. Recordaba que lo habían coronado rey porque había sido el único capaz de sacar una espada de una roca, algo que ni siquiera los hombres más fuertes de Inglaterra habían logrado hacer, pero no sabía nada de un brazo que emergiera de un lago con una espada.

El brazo era de una mujer, eso era evidente, y estaba cubierto por una tela blanca. Pero ¿dónde estaba la cabeza? ¿Acaso esa mujer podía respirar debajo del agua? No, claro que no. Aunque... Las leyendas del rey Arturo rebosaban de magia, así que todo era posible.

Tomás no sabía qué hacer, si continuar hacia la orilla o nadar hacia la espada. Le habría gustado cogerla, si podía. Pero no las tenía todas consigo.

De pronto oyó un ruido, un chapoteo a su espalda. Se volvió, temiendo ver alguna clase de monstruo en el

lago que fuese a atacarle... Sin embargo, lo que descubrió fue algo muy distinto: una doncella que caminaba hacia él por la superficie del agua, sin hundirse. Tomás pensó en zambullirse, pero la joven ya lo había visto. Llegó hasta él y se agachó para hablarle:

—Bienvenido. Os estaba esperando.

—¿Ah, sí? ¿A mí? —balbuceó Tomás, aunque la doncella no pareció escucharle.

—Esa espada que veis es mía, su nombre es Excálibur y, si queréis otorgarme un don cuando yo os lo pida, la tendréis.

Tomás se volvió hacia la espada.

—¿En serio? Pues vale.

—Subid a aquella barca —le dijo la joven, señalando una pequeña embarcación amarrada a un tronco de la orilla en la que Tomás no se había fijado hasta entonces—. Remad hasta la espada y tomadla con la vaina, que yo os pediré el don cuando vea mi sazón.

—¿Qué?

Zorro Rojo no entendió muy bien aquella última parte de la frase, pero cuando fue a preguntárselo la doncella había desaparecido. No había ni rastro de ella, como si nunca hubiese estado allí.

Se encogió de hombros y nadó hacia la barca. Desató la cuerda y remó hasta el brazo que sostenía la espada. Se inclinó, rodeó la empuñadura con los dedos, y entonces la mano de la mujer la soltó y se hundió bajo el agua. Tomás se puso en pie en la barca y soltó una exclamación de júbilo. ¡Excálibur! ¡Tenía la espada más famosa del mundo en su mano! ¡Excálibur! Pese a su peso, que era enorme, la blandió por encima de su cabeza y dio varios mandobles a izquierda y derecha, como si luchase contra un enemigo invisible.

—¡Uahhhh! —gritó, entusiasmado—. ¡Esto es alucinante! ¡Toma! ¡Toma, toma y toma, muere, cobarde!

Y en ese momento, sin previo aviso, algo tiró de él. Sus pies dejaron de tocar la madera de la barca y su cuerpo entero se alzó por los aires.

\* \* \*

Isabel, Julia y Ernesto guardaron silencio durante un par de minutos, sin apartar la vista de los dos libros cerrados sobre el atril. *Moby Dick* y *La muerte de Arturo*.

—No puedo creer lo que está pasando —murmuró Julia—. Cuando nos empezaste a contar lo del «Misterio Marloc» pensé que se te habían cruzado los cables, que no había nada raro en la desaparición de tu vecino.

—Que se había ido de viaje y punto —añadió Ernesto.

—¿Y creéis que yo podía imaginarme esto? Me olía algo raro, pero no tanto.

—Bueno, ¿y qué hacemos, ahora? —preguntó Ernesto—. ¿Esperamos a ver si Tomás sale de ahí?

—Se me está ocurriendo una cosa —dijo de repente Isabel—. Tú saliste del libro porque Tomás lo tiró al suelo sin querer, ¿verdad? ¿Y si probáramos eso?

Los otros dos lo pensaron unos segundos y acabaron por asentir.

—Puede ser.

—Está bien —dijo Ernesto—. Cerrad los ojos por si acaso.

Cogió el libro, le dio la vuelta para abrirlo hacia abajo, de manera que el texto no quedara ante sus ojos, y empezó a sacudirlo con fuerza.

Cada vez con más fuerza, como en una centrifugadora.

\* \* \*

Tomás *Zorro Rojo* se vio zarandeado por una especie de torbellino. Todavía veía la barca y el lago verdoso debajo de él, y también los árboles, pero él no paraba de subir, y subir, y subir. De pronto dejó de subir y cayó, y pensó que desde aquella altura el golpe iba a ser de órdago, de los que duelen. Pero cuando miró hacia abajo, el lago ya no estaba allí. Su lugar lo ocupaba ahora algo oscuro. El suelo.

Le dolió, aunque no tanto como había imaginado. El suelo pertenecía al sótano de la mansión del profesor Marloc, lo reconoció al instante. Había caído de bruces, y al incorporarse vio a medio metro de él los zapatos de Julia, los zapatos de Isabel y unas zapatillas de andar por casa con el rostro sonriente de Bob Esponja. Levantó la vista poco a poco y vio los pantalones vaqueros de Julia, los pantalones cortos de tela gris de Isabel y el pijama estampado de astronautas y dinosaurios de Ernesto.

—Hola, chicos.

Julia no le dio tiempo a decir más.

*¡Zassss! ¡Plafff! ¡Ayyy!*

Primer paso: Mano voladora.

Segundo paso: Impacto (tremebundo) de la palma
de la mano de Julia contra la nuca de Tomás.

Tercer paso: Gemido lastimero de Tomás.

# 13

# PROBLEMAS

Ya te vale con las collejas!

—¡No, ya te vale a ti! ¿Cómo se te ocurre?

—Quería probar...

—¿Qué llevas ahí? —intervino Ernesto, al ver la preciosa espada que Tomás sujetaba en su mano—. ¿De dónde has sacado eso?

—Me la ha dado... una chica. Dijo que es Excálibur.

Sus tres amigos se quedaron boquiabiertos durante varios segundos.

—¿Excálibur? —Ernesto no daba crédito.

—La misma.

—¿Se la has quitado al rey Arturo?

—No, me la ha dado una chica, ya os lo he dicho. Una doncella. Estaba en un lago y...

—¡Madre mía! ¡Ay, madre mía! —Era Isabel, que por fin había recuperado la capacidad de hablar.

—¿Qué pasa? —preguntaron los otros tres al unísono.

—¿Te das cuenta de lo que has hecho, Tomás? ¡¿Te das cuenta?! ¿No os dais cuenta vosotros? —exclamó Isabel. Zorro Rojo negó con la cabeza; Julia y Ernesto prefirieron quedarse quietos—. ¡¡¡Te has traído la espada!!! ¡¡¡La has sacado del libro!!!

—Sí, ¡a que es alucinante! —dijo Tomás, con una sonrisa de oreja a oreja.

—¿Alucinante? ¡Ahora tenemos que devolvérsela al rey Arturo, atontado!

—¿No puedo quedármela?

—¡Pues claro que no!

—¿En serio? ¿No puedo?

—¡No!

—¡Cachis!

—¡Has metido la pata hasta el fondo, Zorro! —exclamó Ernesto, comprendiendo lo que significaba la presencia de Excálibur allí.

—¡Ha sido sin querer!

—El caso es que te la has traído...

—Ojo, chicos —intervino Julia—, se me acaba de ocurrir una cosa.

—¿Qué?

—Pues... que, por alguna razón, nosotros podemos entrar en los libros, es de suponer que por algo que el profesor Alexander Marloc ha inventado o hecho aquí en su biblioteca, pero también las cosas que están dentro de los libros pueden salir, como esa espada. Y eso

quiere decir... que tal vez los personajes también puedan salir.

Se hizo el silencio mientras los otros tres consideraban esa posibilidad.

—Marloc ha convertido sus libros en puertas —dijo Ernesto, siguiendo el razonamiento de su hermana—, pero las puertas sirven tanto para entrar como para salir. Son puertas giratorias.

—Exacto.

El silencio de antes se repitió, más largo y más denso. Pasaron varios minutos sin que ninguno de los cuatro se decidiese a hablar. Tomás fue el primero en hacerlo.

—Esto es algo muy gordo —dijo, mirando la espada que sostenía en la mano. La espada de un rey. La espada mágica de un rey de leyenda—. ¿Creéis que el rey Arturo va a venir a recuperar su espada?

—No quiero ni pensarlo —respondió Isabel—. Podría ser catastrófico.

—¡Podría ser una auténtica pasada! —exclamó Tomás.

—¡No! —insistió Isabel—. Sería una catástrofe. Tenemos que evitarlo.

—Estoy contigo —dijo Julia—, y creo que tiene que hacerlo el mismo que ha causado el problema. Trae aquí, Ernesto. —Le arrebató el libro a su hermano, lo abrió por una página cualquiera y se lo estampó a Tomás en la cara. Al ver que no ocurría nada, repitió el gesto con más fuerza, sujetando la cabeza de

Zorro Rojo con una mano y el libro con la otra. *¡Plaff, plaff!*

—¡Ay! ¿Estás loca o qué?

—¿Por qué no funciona? Métete ahí y devuelve la espada.

Tomás consiguió zafarse y se apartó unos pasos.

—Vale, vale. Si hay que hacerlo lo haré, tranquilos. ¿Alguien me acompaña? —sugirió. Los otros tres guardaron silencio—. ¿No? ¿De verdad no os apetece conocer al rey Arturo en persona, o a Merlín?

—Claro que me gustaría —contestó Isabel, la más aficionada a la lectura de los cuatro—, pero ahora mismo puede que estén un pelín enfadados porque no encuentran la espada, y seguro que Merlín enfadado no es un tipo muy simpático.

—La verdad, creo que estáis exagerando —dijo Tomás—. Son personajes de tinta y papel, ¡nada más! Es alucinante que podamos entrar en los libros. No sé cómo lo habrá conseguido ese profesor Marloc, pero pensadlo bien: un personaje de ficción no puede hacerle ningún daño a un ser de carne y hueso.

Ernesto se encogió de hombros y fijó sus ojos en Excálibur.

—A mí no me parece que esa espada esté hecha de papel.

—Ya, bueno... —empezó a dudar Tomás, contemplando también la hoja afilada de la espada.

—Mirad, el plan es el siguiente —intervino Julia para zanjar el tema—: te metes en el libro, Tomás, devuelves la dichosa espada a su sitio y regresas aquí. Y nos olvidamos de todo esto.

—¿Alguien puede hacerme una foto antes, con Excálibur?

—¡Claro! —bramó Ernesto—. Siempre llevo una cámara de fotos en el bolsillo del pijama, ¡no te digo!

—¡Métete ya en el libro de una vez! —gritó Julia.

—Vale, vale. Creo que solo funciona cuando el libro está encima de esa columna de mármol. Y que esos símbolos grabados en el suelo tienen algo que ver.

Sus amigos se fijaron por primera vez en el círculo de símbolos que Tomás les indicaba.

—¿Qué son? —preguntó Ernesto.

—Ni idea, pero rodean la mesa, así que me da en la nariz que alguna relación han de tener con lo que pasa con los libros.

Julia, que seguía sosteniendo *La muerte de Arturo* en su mano, lo llevó a la mesa y lo dejó allí abierto, sin fijarse por qué página.

—Hala, buen viaje, Zorro.

Tomás la miró y, antes de dirigirse hacia allí, se rascó la barbilla con aire pensativo.

—Luego me sacáis, ¿eh?

—Si prometes no traerte nada esta vez.

Zorro Rojo asintió, enganchó la espada entre el cinturón y el pantalón y fue a colocarse delante de la columna. Miró a sus amigos a modo de despedida y a continuación repitió lo que había hecho un rato antes:

observar el texto no ya para leerlo, sino para introducirse en él. Para ser absorbido por el libro.

Fue la primera vez que había testigos de cómo una persona de carne y hueso desaparecía del sótano y se introducía en uno de los libros del profesor Marloc. Lo que Julia, Isabel y Ernesto vieron, con ojos alucinados, fue la creación de una especie de torbellino que surgía del texto escrito y envolvía a Tomás, lo cubría por completo y después se desvanecía dejando un vacío donde un instante antes había estado su amigo.

# 14

# ÁVALON

Quién sois vos?

La voz era femenina y, a juzgar por su tono, su dueña parecía sorprendida, enfadada e incluso algo asustada.

Zorro Rojo levantó la cabeza y miró a su alrededor, pues había caído boca abajo y no tenía la menor idea de dónde se encontraba. Solo sabía que estaba en algún tipo de construcción de madera y que se balanceaba, hacia los lados y también hacia arriba y hacia abajo.

Era una embarcación y, además de la mujer que acababa de hablarle, había otras que estaban inclinadas sobre un caballero al que habían tumbado en el fondo de la barca y cuya ropa estaba manchada de sangre. Nadie remaba, pero la embarcación avanzaba sobre las olas, atravesando un banco de niebla.

—¿Quién sois? —repitió la misma mujer que había hablado antes.

—Me llamo To... Zorro Rojo, soy el caballero Zorro Rojo. ¿Y usted... o sea, vos?

—Soy Morgana.

Morgana. Tomás repitió aquel nombre en voz baja. La hechicera. Sabía que tenía algo que ver con el rey Arturo, pero no conocía todos los detalles de la historia y no recordaba exactamente dónde encajaba. Lo que estaba claro era que no había entrado en el libro por la misma página que antes. «Piensa, piensa», se dijo. Entonces reparó otra vez en el hombre herido y creyó comprender.

—¿Él es...? —preguntó.

—El rey Arturo —confirmó Morgana.

—¿Y lo lleváis a...?

—A Ávalon.

Tomás no se pudo reprimir y soltó una exclamación que hizo que todos los que iban a bordo, incluido el rey, lo mirasen boquiabiertos.

—Nunca he oído hablar de un caballero llamado Zorro Rojo —dijo Morgana, desconfiada.

—Es que soy nuevo. Quiero decir, que acaban de armarme caballero.

—¿Tan joven? ¿Desde cuándo los niños pueden ser armados caballeros? Mentís. Sois un brujo, ¿cómo si no habríais podido llegar hasta aquí, en mitad del océano?

—Si te lo cuento no te lo vas a creer, así que mejor no te digo nada —repuso Tomás. Y al ver que tanto las otras mujeres como la propia Morgana no parecían

muy conformes (y tras recordar, además, que Morgana era tan poderosa que había conseguido vencer nada más y nada menos que al mismísimo Merlín), se apresuró a explicarse—: En realidad solo venía a devolverle al rey Arturo su espada. —Y les mostró el arma.

—¡Excálibur! —se asombró Morgana.

—La misma. Es preciosa, ¿verdad? Mirad, la dejo aquí y me marcho, ¿de acuerdo? No quiero molestar.

En ese momento la nube de niebla que cubría el mar se apartó ligeramente y ante ellos surgió la silueta rocosa de una isla, todavía lejana. Los ojos del caballero Zorro Rojo se abrieron como platos soperos.

—La... la... la... —balbuceó.

—¿Eso es algún tipo de hechizo, brujo? —se alarmó Morgana.

—La isla, esa isla de ahí, ¿es...? ¿Es Ávalon?

—La isla mágica de Ávalon —respondió Morgana—, donde Arturo se recuperará de sus heridas y aguardará el momento de regresar.

—¡Alucinante! ¡Alucinante! ¡Alucinante!

—Vos no podéis desembarcar en la isla, seáis quien seáis, brujo o caballero. No os lo permitiré —le advirtió la mujer, y sus palabras sonaron a auténtica amenaza.

—Vale, vale, tranquilícese, señora. Dejo aquí la espada y me voy. —Se agachó para dejar Excálibur en el fondo de la embarcación y retrocedió unos pasos hacia la popa—. Ya está, ya me voy, ¿de acuerdo? —Pero no ocurrió nada—. Bueno, perdón, es que lo de irme no depende de mí... —Miró hacia lo alto, como si allí, en alguna parte, sus tres amigos estuvieran observándole—. ¡Sacadme de aquí!

—¿A quién le habláis?

—Aaaa... A unos amiguetes míos.

—Brujos también, sin duda.

Tomás empezaba a sentirse realmente nervioso: si no lo sacaban pronto, iba a tener problemas. ¿A qué esperaban sus amigos? ¿Por qué no agitaban el libro como habían hecho antes? Estaban tardando demasiado y Morgana no parecía nada contenta con la situación. Recordó ahora que había visto una película en la que esa mujer lograba encerrar al todopoderoso Merlín en una celda de cristal, así que, si era capaz de hacer eso con un mago como Merlín, ¿qué no podría hacer con un niño aficionado a los bizcochos de chocolate y a los *walkie-talkies*?

—¿A qué estáis esperando? ¡Sacadme ya!

De nuevo, su petición no obtuvo la respuesta deseada. Morgana avanzó hacia él y a Tomás no se le ocurrió más que saltar por la borda. Mejor alejarse de allí a nado que ser víctima de un hechizo o algo peor.

Al sumergirse creyó que se quedaba a un tiempo congelado y ciego, pues el agua estaba helada y la noche la había vuelto muy oscura. Giró para bracear con urgencia hacia la superficie, pero antes de llegar notó que algo tiraba de él... hacia arriba. Salió propulsado como un cohete y todavía alcanzó a ver las miradas de incredulidad de los ocupantes de la embarcación, siguiendo su extraño vuelo hacia las nubes.

# TERCERA PARTE

# LA MÁS BELLA DEL REINO Y LAS CORNEJAS

# 15

## ¿Y AHORA QUÉ?

Por qué habéis tardado tanto? —gritó Tomás en cuanto se vio de nuevo en el sótano—. ¡Morgana estaba a punto de lanzarme un hechizo!

—¿Morgana? ¿La bruja? —exclamó Isabel, sorprendida.

—Como te lo digo.

—Vale, tranquilízate. Ya estás de vuelta —dijo Julia.

—¿Me echabas de menos, rubia?

*¡Zassss! ¡Plafff! ¡Ayyy!*

—Venga —dijo Ernesto—, vámonos de aquí.

—Sí, será mejor —respondieron los otros tres.

Unos minutos después estaban de vuelta en el cuarto de Isabel, Tomás se había cambiado su ropa mojada por el pijama y las dos chicas también se habían puesto el suyo, no fuera a ser que la Guardiana Dorada se asomase en plena madrugada a echar un vistazo. Además, si en algo estaban de acuerdo los cuatro era que no habría más excursiones a la Mansión Marloc por esa noche.

—¡Es de locos! —dijo Ernesto, todavía alucinado por la experiencia vivida con los balleneros—. ¿Cómo puede ser?

Nadie contestó, pues ninguno de ellos entendía cómo era posible entrar en los libros.

—Tiene que ser cosa de magia, está claro —murmuró Tomás al cabo de un rato.

—Ya os advertí que el profesor Marloc es un gran inventor —repuso Isabel.

—¿Inventor? Yo diría más bien que es un mago. Y, por cierto, ¿dónde se habrá metido? —preguntó Julia.

—Hay varios libros abiertos sobre la columna de mármol —comentó Tomás—. Supongo que Marloc estará en alguno de ellos, ¿no? Además, él debe de conocer una forma de salir por su propia cuenta, sin necesidad de que nadie «a este lado» le eche una mano agitando el libro.

Los demás asintieron, pero el gesto de Isabel se quedó a medias. Había algo que no le cuadraba.

—Esperad —murmuró—. Ernesto salió de *Moby Dick* porque el libro se cayó al suelo, y Tomás salió de *La muerte de Arturo* porque las dos veces lo agitamos con fuerza.

—Sí, ¿y?

—Pues que si eso sirve para que alguien salga de un libro, ¿por qué no apareció el doctor Marloc cuando *Moby Dick* se cayó al suelo o cuando agitamos el otro?

Tomás fue el primero en sugerir una respuesta.

—Porque no está en ninguno de esos dos. O porque lleva más tiempo ahí dentro, puede que eso tenga algo que ver.

—Es posible, sí —aceptó Isabel, aunque por su expresión se notaba que no estaba muy convencida.

—Quizá si pasas demasiado tiempo dentro de un libro te conviertes en parte de él —continuó Tomás—, como un personaje más o algo así, y entonces ya no es fácil salir.

—Yo creo que si Marloc no salió de ninguno de esos dos libros es porque ya no está ahí dentro —susurró Julia, atrayendo las miradas de los otros tres.

—¿Qué quieres decir? Explícate, anda —pidió su hermano.

Julia se encogió de hombros. Solo era una idea a la que había dado voz tal y como se le había ocurrido.

—Bueno... —empezó—. Solo digo que me parece que el doctor no está en las páginas de *Moby Dick* ni en las de *La muerte de Arturo*. Debe esconderse en cualquiera de los otros libros.

—¿Sabéis lo que os digo? Esto es demasiado complicado para mí —confesó Ernesto—. Además, tened en cuenta que una ballena enorme y con mala uva me ha dado un coletazo, así que no tengo la cabeza para pensar tanto. Mañana será otro día.

—¿De verdad te vas a dormir, después de lo que hemos vivido esta noche? —le preguntó Tomás.

—Sea lo que sea lo que está pasando, no vamos a

solucionarlo ahora —respondió su amigo—. Sugiero que durmamos, que ya va siendo hora, y por la mañana igual se nos ocurre algo. —Y sin esperar respuesta, se fue al rincón donde había preparado su saco de dormir y se metió dentro—. Hala, buenas noches a todos.

Tomás e Isabel se volvieron para mirar a Julia, que se limitó a hacer un mohín.

—Este es que lo arregla todo durmiendo —explicó ella.

—Bueno —dijo Isabel, demasiado excitada para irse a la cama—, recapitulemos: tenemos un científico que ha inventado o descubierto la manera de entrar en los libros y formar parte de la historia que se cuenta en ellos, hablando incluso con los personajes. Ese mismo científico ha desaparecido y es de suponer que se encuentra dentro de algún libro de su colección, aunque posiblemente podemos descartar *Moby Dick* y *La muerte de Arturo*. Tenemos una columna de mármol que a lo mejor guarda alguna relación con la posibilidad de entrar en los libros y unos símbolos grabados en el suelo... ¿Qué más tenemos?

—Sueño —murmuró Ernesto desde la profundidad de su saco de dormir.

—Creo que eso es todo, Isabel —dijo Julia.

—¿Os dije que era un misterio o no os lo dije?

—¿Os dije que tengo sueño o no os lo dije? —protestó Ernesto—. Acostaos de una vez. Puede que mañana se nos ocurra alguna idea, pero ahora ya es muy tarde.

Los otros tres decidieron no hacerle caso y siguieron hablando, aunque en voz baja para no molestarle.

Al rato oyeron la respiración sosegada de Ernesto y algún que otro ronquido, y no mucho más tarde también a ellos los fue venciendo el cansancio. Habían vivido demasiadas emociones en demasiado poco tiempo.

Cuando al fin se fueron a dormir, todavía no tenían otra cosa que preguntas sin respuesta, y, cuando despertaron, bien entrada la mañana, las horas de descanso no habían traído consigo ninguna nueva idea. Se miraron unos a otros, preguntándose en silencio si lo ocurrido de madrugada era cierto o solo un sueño muy raro.

Teresa, la Guardiana Dorada, llamó con los nudillos a la puerta de la habitación y gritó desde el pasillo que el desayuno estaba preparado en el comedor.

—Ya vamos, mami —dijo Isabel, con los ojos aún medio cerrados.

Se asearon y bajaron a desayunar, intercambiando solo unas pocas frases desganadas mientras lo hacían. Después llegó la hora de separarse; cada uno tenía que regresar a su casa y todavía no se les había ocurrido ninguna respuesta convincente.

—¿Y ahora qué? —preguntó Julia, ya en el jardín.

—Pensemos —dijo Isabel—. Puede que por separado podamos concentrarnos mejor. Por ahora, yo me limitaría a eso: solo pensar y pensar, y luego poner en común todas las ideas que se nos ocurran.

—Me parece bien —aceptó Tomás.

—Pues, hala, chicos —se despidió la anfitriona—, cada uno a su nido. Y a pensar.

Sin embargo, ella no iba a tener ocasión de pensar, aunque en ese momento aún no lo sabía.

# 16

# ESPEJITO, ESPEJITO

En cuanto sus amigos se fueron, su madre la llamó desde la cocina.

—Tengo que ir a hacer la compra. Necesitamos un montón de cosas y he de ir a más de un sitio, así que voy a tardar en volver. Me vendría de perlas que te hicieras cargo de tu hermano, mientras tanto.

—Claro. —Isabel adoraba a su hermano, así que aquello no le suponía el menor problema.

—Y si no te importa, también sería un detalle que te acercases a la casa del profesor a regar las plantas. No quiero que se me pase y se sequen —añadió Teresa. Esta vez, Isabel se quedó pálida, incapaz de decir nada, pero su madre estaba de espaldas y no se dio cuenta—. La llave está colgada junto a las demás.

No, la llave no estaba ahí. Isabel lo recordó de golpe: la había cogido ella y seguía estando en su habitación. ¡Menos mal que su madre no la había echado en falta!

—¿Puedo contar contigo, entonces?

—Sí, por supuesto.

Siempre podría decirle que había regado las plantas aunque no lo hubiera hecho, seguro que no les pasaba nada, porque después de lo que había sucedido por la noche, volver sola a la casa de su vecino no era algo que le apeteciera hacer. En absoluto.

—Escúchame, es muy importante —insistió su madre—: esas plantas son muy especiales, el profesor Marloc me lo explicó. Parece que las adora, y no quiero ni pensar que una se seque mientras yo estoy encargada de cuidarlas, así que, por favor, riégalas todas y con bastante agua, ¿de acuerdo?

—Sí, mamá, no... no te preocupes —acertó a decir Isabel.

\* \* \*

Un rato después, la Guardiana Dorada se fue de compras congratulándose por tener una hija tan bien dispuesta y digna de confianza. Su marido casi siempre estaba fuera de la ciudad, en viaje de negocios, y era una verdadera suerte para ella que Isabel se portase tan bien. Cuando su coche todavía no había desaparecido al final de la calle, Isabel se sentó delante de su hermano, que jugueteaba en la alfombra con una locomotora de madera a la que se le había partido la chimenea. El niño levantó un instante la mirada, sonrió a su hermana mayor y enseguida volvió a concentrarse en el recorrido de su tren.

—¿Has oído a mamá? Tengo que ir a la casa del vecino, el último lugar del mundo al que quisiera ir ahora mismo... Pero ¿sabes una cosa? —Su hermano volvió a levantar la vista y se quedó mirando a Isabel con la boca abierta, emitiendo una especie de gorjeo—. Tú te vienes conmigo. No puedo dejarte aquí solo, ¿entiendes? —Aunque no quería admitirlo, la compañía del bebé le serviría para sentirse más segura.

Lo tomó en brazos y el niño aferró el tren de juguete para apretarlo contra su pecho. Isabel cogió los dos llaveros, el de la casa del vecino y el de la suya propia, y salió sin poder evitar que la invadiera un cierto nerviosismo. Decidió canturrear una de sus canciones favoritas, tanto porque a su hermano le encantaba oírla cantar como para calmarse ella misma.

Se detuvo ante la puerta de la casa de Marloc y cogió aire varias veces.

—Entramos, regamos y salimos —dijo en voz alta, como si fuera Zorro Rojo estableciendo uno de sus planes—. ¿Entendido, Jorge? No te entretengas curioseando por ahí, porque vamos a salir casi antes de entrar.

Metió la llave en la cerradura, tragó saliva y empujó la puerta. Antes de pasar adentro, palpó la pared en busca del interruptor, pues a diferencia de la noche anterior, ahora no importaba si alguien veía luces desde el exterior. Gracias a la claridad la casa parecía distinta, más acogedora y, sobre todo, menos siniestra, pero de todas formas, por lo que pudiera pasar, dejó la puerta entornada.

Isabel quiso convencerse una vez más de que todo había sido un sueño. A la luz del día, lo ocurrido por la noche parecía imposible, pero ella sabía que era cierto.

Dejó a Jorge en el suelo y fue a la cocina, donde su madre había dejado la regadera. La llenó y dedicó los siguientes minutos a recorrer las distintas habitaciones con plantas. La mayoría eran muy raras e Isabel no conseguía reconocerlas, pero ni siquiera se molestó en leer la tarjetita de plástico con el nombre de cada una de ellas que asomaba de la maceta. Solo quería salir de allí cuanto antes.

Dejó para el final la sala de los cachivaches, en la que solo entró cuando ya hubo regado todas las plantas que había encontrado por el resto de la casa. En la sala se entretuvo intentando descubrir el truco de los espejos y los lugares imaginarios que aparecían en el globo terráqueo. ¿Por qué estaban allí? Por lo que ella había leído, la Atlántida era una leyenda, así que no tenía mucho sentido que figurase en el mapa. Pero, claro, en la sala había muchos otros objetos que escapaban a su entendimiento.

Recogió a su hermano y se encaminó hacia la salida, pero en el último momento se detuvo ante la puerta. ¿Había alguna planta en el sótano? No recordaba ninguna, pero no estaba segura. Contempló al niño, que le devolvió la mirada:

—¿Había plantas en el sótano, Jorge?

El pequeño se rio. No había comprendido la pregunta, ni habría podido responderla, porque todavía no había aprendido a hablar.

Isabel soltó un bufido.

—Está bien. Tendremos que bajar ahí y comprobarlo —declaró. Al oírlo, la sonrisa de Jorge se hizo más amplia, como si estuviera de acuerdo con el plan—. Bajamos, miramos, regamos y nos largamos.

Tal como habían hecho la noche anterior, usó *El pensador* de Rodin como tope para asegurarse de que no se quedaban encerrados.

En el sótano solo había libros y mapas, ni una sola planta, pero Isabel se quedó inmóvil a los pies de la escalera, con su hermano en brazos, que no dejaba de imitar el sonido de la locomotora del tren.

—Chucuchú, chucuchú, chucuchú.

Isabel no podía apartar los ojos de la mesa de mármol y los libros que la cubrían. En el fondo ya sabía que allí no había plantas. Esa había sido la excusa que su propia mente le había ofrecido para bajar al sótano. Porque, para ser sincera, aunque era consciente de los peligros, tenía unas ganas irresistibles de probar el invento de su vecino. A fin de cuentas, era ella quien había comenzado a sospechar y, sin embargo, habían sido Tomás y Ernesto los que lo habían experimentado en sus propias carnes.

Ella era una gran lectora. Los libros eran su pasión, una pasión que había heredado de sus padres y que ahora incluso les sorprendía a ellos, porque más que leer a veces daba la impresión de que devoraba los libros. Algunos no le duraban ni un día, y en cuanto terminaba uno ya tenía otro preparado.

Pero entre todos los libros que había leído, había uno que era su favorito. Se preguntó si estaría allí, en la biblioteca privada del profesor Marloc.

—Jorge, solo vamos a echar un vistazo, ¿de acuerdo? Solo un vistazo.

—Chucuchú.

Avanzó hasta las estanterías y fue leyendo los títulos en los lomos de los libros. Algunos le resultaban familiares, pero la mayoría no los conocía.

Tardó en localizar el que buscaba. Lo encontró cuando ya empezaba a darse por vencida.

—¡Aquí está! —exclamó, atrayendo la atención de Jorge—. A ti también te gusta Blancanieves, ¿verdad, hermanito?

—Chucuchú.

Sin pensárselo dos veces, Isabel colocó el libro sobre la mesa y lo abrió. Sabía que si lo meditaba, volvería a dejarlo en su sitio en la estantería y se marcharía de allí, por eso lo abrió con tanta rapidez.

—¿Qué opinas, Jorge, lo intentamos?

—Chucuchú, chucuchú.

—Eso mismo pienso yo.

Sus ojos se fijaron entonces en el texto del cuento de hadas de los hermanos Grimm. Cuando percibió que el texto comenzaba a volverse borroso, apretó a su hermano con fuerza.

\* \* \*

—Espejito, espejito —preguntó la malvada reina—, ¿quién es la más bella del reino?

—Reina, estás llena de belleza, pero tu joven hijastra, Blancanieves, es mil veces más hermosa que tú, y lo mismo ocurre con la niña que ahora tienes detrás.

La reina se volvió con brusquedad y descubrió a Isabel, que abrazaba a Jorge contra su pecho. La propia Isabel también se giró con la esperanza de encontrar a alguien más detrás de ella, pero no había nadie. El espejo mágico se había referido a ella.

—¿Quién eres tú? —rugió la reina, indignada por lo que acababa de decirle el espejo.

—¿Yo? No..., no, no, yo... O sea...

—¿Chucuchú? —dijo Jorge, mostrándole su tren a la reina.

# 17

# A CORRER

Isabel y Jorge habían aparecido en la alcoba de la madrastra de Blancanieves en el momento más inoportuno. La reina estaba enfadada porque la belleza de su hijastra superaba la suya, y ahora, según el espejo, tenía además otra rival, que era precisamente Isabel.

—¿Eres una de las nuevas doncellas? —quiso saber la reina.

—Sí... No.

Harta de tantos titubeos, la madrastra de Blancanieves soltó un grito de rabia y al oírlo Jorge se puso a llorar.

—¿Y ese niño de dónde ha salido?

—Es mi hermano.

—Está prohibida la entrada de bebés en el palacio. ¡No me gustan los bebés!

—Perdón, no lo sabía.

—Ni yo sabía que una simple doncella podría ser

más hermosa que yo —gruñó la reina—. ¡Desaparece de mi vista!

—Sí, señora. Enseguida.

Isabel dio media vuelta y salió de la alcoba. En el pasillo, apresuró el ritmo de sus pasos, aunque no tenía ni idea de hacia dónde se dirigía.

Tenía ganas de ponerse a llorar como su hermanito, porque acababa de comprender el error fatal que había cometido.

—Nos hemos metido en un lío tremendo, Jorge —susurró—. ¡Qué tonta he sido! ¿Cómo no me he dado cuenta? —El pequeño la miró haciendo pucheros, asustado todavía por el grito de la reina—. Nadie sabe que estamos aquí y no sé cómo se sale.

—¿Chucuchú?

—No, creo que tu tren tampoco nos va a poder sacar. ¡Esto es horrible!

Cuando el teléfono comenzó a sonar en casa de los mellizos, tanto Ernesto como Julia corrieron a contes-

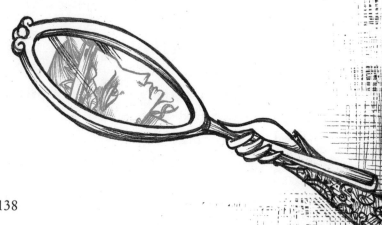

tar. Esperaban que fuera su padre, que era entrenador de un equipo de baloncesto y estaba de viaje. Ernesto llegó primero y contestó.

—¡Hola, papá! —dijo directamente, sin aliento.

—No, lo siento, Ernesto, no soy tu padre. Soy Teresa, la madre de Isabel.

Al chico le cambió la cara y miró a su hermana.

—Ah, hola, Teresa. ¿Cómo estás?

Julia se acercó y pegó el oído al teléfono. No era muy habitual que la madre de su amiga llamase a casa. ¿Habría pasado algo? ¿Se habría enterado de lo que había ocurrido durante la noche?

—Bien, bien. Pero estoy buscando a Isabel. ¿Está ahí con vosotros? La dejé hace un rato con su hermano mientras yo iba a hacer la compra y ahora ninguno de los dos está en casa.

—No... —empezó a decir Ernesto, pero su hermana le puso de inmediato la mano en la boca y le hizo gestos que él no logró entender.

—¿No está con vosotros? —dijo Teresa, cada vez más preocupada—. ¡Qué raro! ¿Dónde se habrá metido? Le pedí que fuera a casa del vecino a regar las plantas, pero ha pasado demasiado tiempo para que todavía esté allí.

Ernesto y Julia se miraron asustados y la chica se adueñó del teléfono:

—¡Teresa! —casi gritó—. ¡Hola! Soy Julia.

—¿Julia? Creía que estaba hablando con tu hermano.

—Sí, sí. Es que... Creo que... Me parece que ha bebido mucha agua. Ha salido corriendo hacia el aseo.

Ernesto puso cara de enfado, pero su hermana continuaba tapándole la boca.

—Ya, bueno. Solo llamaba para preguntar por Isabel y Jorge, pero si no están ahí...

—Sí, sí, sí, claro que están. Los hemos invitado a comer con nosotros. ¿Es que no te ha dejado una nota? Se ve que con las prisas...

—¿Están en tu casa? Dile a Isabel que se ponga, por favor.

—No...

—¿Cómo?

Julia se estrujó el cerebro para pensar una excusa creíble:

—Mi padre se ha empeñado en enseñarles su nuevo coche y se acaban de ir a dar una vuelta. Es que mi padre se pone muy pesado con su coche, se lo quiere enseñar a todo el mundo. Es japonés. El coche, quiero decir. Mi padre nació en Teruel. Pero no te preocupes, Teresa, que está todo bien. Isabel y Jorge comerán aquí con nosotros.

—¿Y tu madre? Pásame con ella.

—Pues tampoco va a poder ser... Ha ido corriendo a la tienda porque se le había olvidado no sé qué.

Teresa resopló con fuerza a través del teléfono.

—En cuanto vuelvan con tu padre, dile a Isabel que me llame a casa, haz el favor.

—Por supuesto.

—Oye, ¿y tenéis comida para bebés?

—Claro, claro. A montones.

—¿Y cómo es eso?

—Por mis sobrinos.

—Ah, no lo sabía. ¿Cuántos años tienen?

—Pocos. O sea, que son bebés.

—Vale, vale. De acuerdo. No te olvides de avisar a Isabel. Espero que Jorge se porte bien.

—Seguro, es una monada.

Colgó y miró a su hermano.

—¿Y eso de que papá tiene un coche japonés? —preguntó Ernesto.

—Es lo primero que se me ha ocurrido. ¿Te das cuenta?

—¿De qué, exactamente? ¿De que Isabel se la va a cargar cuando vuelva a casa?

—Eso aparte. ¿No lo has oído? Su madre le encargó que regase las plantas del profesor Marloc y todavía no ha vuelto. Para mí eso solo puede significar una cosa.

—Anoche dijimos que no tocaríamos esos libros hasta que averiguáramos qué ha hecho Marloc. ¡Fue la propia Isabel quien lo propuso!

—Sí, pero si no lo ha hecho, ¿por qué no está en su casa? Tenemos que asegurarnos. Además, ella fue quien empezó a sospechar de su vecino, y fuisteis tú y Tomás los que entrasteis en los libros. Conociéndola, no me extrañaría nada que hubiera querido probarlo ella misma.

—¿Con Jorge? Seguro que está en cualquier otra parte. Se lo habrá llevado a jugar al parque.

—Ojalá, pero, ¿y si tengo razón? Solo te digo que vayamos a comprobarlo. Llama a Zorro Rojo y que se reúna con nosotros en la esquina del jardín de Marloc. Y que se dé prisa.

\* \* \*

Por si acaso la Guardiana Dorada estaba asomada a alguna de las ventanas de su casa, los tres reptaron por el jardín del profesor hasta la puerta principal. Estaba entreabierta, tal y como Isabel la había dejado.

—¡Lo que me temía! —exclamó Julia—. Si está así es que Isabel y Jorge han entrado y aún no han vuelto a salir.

Se deslizaron al interior.

—¡Isabel! ¡Jorge! ¿Estáis ahí? —llamaron sin levantar mucho la voz.

Ante el silencio que recibieron por respuesta, los tres resoplaron sobrecogidos. Su preocupación iba en aumento.

—¿Vamos a tener que bajar al sótano? —murmuró Tomás.

—Vamos a tener que bajar al sótano —confirmó Ernesto, y señaló la estatuilla de *El pensador*, que mantenía la puerta abierta.

Lo hicieron en fila y, una vez abajo, no les fue difícil averiguar en qué libro se había metido Isabel. Era el único que no había estado sobre la mesa la noche anterior.

# 18

# EL CAZADOR Y EL BOSQUE

Quiero que lleves a esa doncella nueva al bosque, cazador, y que le arranques el corazón —ordenó la reina—. Más tarde harás lo mismo con Blancanieves.

El cazador asintió con gesto grave. No le gustaba la reina, pero, sobre todo, le daba miedo. Más miedo que ninguna de las bestias que solía cazar en el bosque.

—¿Y el niño, majestad? ¿Qué hago con el niño?

—El niño no me importa, pero no lo quiero en palacio. Haz lo que quieras con él. Déjalo para los lobos.

—Como ordenéis, majestad.

\* \* \*

Poco después de su encuentro con la reina, Isabel había intentado esconderse en alguna parte, pero mientras buscaba una habitación vacía había tenido la mala suerte de entrar en la cocina cuando más ajetreada estaba, pues varias cocineras y pinches se afanaban en preparar la cena. Su aparición llamó la atención, en especial la de Jorge en sus brazos, pues todo el mundo sabía que la reina no quería que hubiera niños pequeños en el palacio. Y su atuendo no contribuyó a mejorar la situación, ya que ninguno de los criados había visto prendas como las que llevaba.

La cocinera jefe sospechó que se trataba de una ladrona, así que ordenó que la retuviesen y avisasen a la guardia. Isabel se vio rodeada de inmediato por pinches armados con sartenes.

Cuando la noticia llegó a oídos de la madrastra de Blancanieves, esta ya planeaba la manera de deshacerse en un mismo día de sus dos rivales y conseguir así que el espejo mágico volviera a decirle que ella era la más hermosa del reino.

De modo que, en ese momento, Isabel y Jorge estaban encerrados en una mazmorra pestilente, abrazados el uno al otro y aterrorizados. Isabel no paraba de lamentarse por no haber caído en la cuenta de que no podría salir del libro sin ayuda del exterior, y más aún por haber llevado a su hermano con ella. ¡Había sido una imprudente! ¿Cómo había podido cometer un error tan grave? Se había dejado llevar por la ilusión de conocer en persona a Blancanieves y no había pensado en nada más.

¿Cuánto tiempo los mantendrían allí? ¿Y qué sucedería con ellos?

La puerta de la celda chirrió al abrirse y la luz de una antorcha los iluminó.

Isabel parpadeó, tratando de distinguir quién sujetaba la antorcha, y se sobrecogió al ver que era un hombre alto y fuerte, con una barba espesa que le cubría la mitad inferior de la cara.

—Niña —dijo el cazador—, levántate. Tenéis que venir conmigo.

—¿Adónde?

—Os llevaré de vuelta a vuestra casa.

Isabel se quedó sin habla. Estaba claro que aquello no era verdad: ese hombre no podía hacer lo que afirmaba... por la simple razón de que desde allí era imposible llegar a su casa.

* * *

Atardecía cuando llegaron al bosque, y la luz cada vez más débil del sol apenas lograba atravesar las copas de los árboles.

Isabel se sentía agotada por la caminata y cada vez más asustada. Llevaba en brazos a Jorge, que por suerte se había quedado dormido después de tantas emociones. Detrás de ella, el cazador murmuraba por lo bajo, malhumorado. De vez en cuando, si Isabel se paraba para descansar, le daba un empujoncito con la culata de la escopeta para que se moviera.

Ya hacía rato que habían perdido de vista el palacio,

así que Isabel se decidió a intentar hablar con aquel hombre huraño.

—Sé lo que la reina le ha ordenado que haga con nosotros.

—No puedes saberlo. ¿O es que acaso eres una bruja?

—Le ha ordenado que nos mate, ¿verdad? Por eso nos trae al bosque. Y después le obligará a hacer lo mismo con Blancanieves. Y además le mandará que le arranque el corazón y se lo lleve a palacio para que ella pueda verlo.

El cazador se quedó estupefacto. ¿Cómo era posible que la niña supiera eso? Atemorizado, empuñó la escopeta y apuntó a Isabel.

—¿Eres una bruja, chiquilla? Antes lo he dicho en broma, pero si sabes esas cosas solo puede ser por algún hechizo.

—No lo soy, se lo aseguro. No puedo explicárselo, pero sé lo que va a ocurrir.

—¡Eso es imposible!

—En realidad, la bruja es la reina. Solo quiere acabar con Blancanieves para ser la más guapa de todo el reino.

—Con la pobre Blancanieves y también contigo. Tienes razón: me ha ordenado que os mate a las dos.

—Pero usted no va a hacerlo porque es un buen hombre —dijo Isabel.

—Tengo que obedecer. Es mi reina.

—Déjenos aquí en el bosque. Dígale que ha cumplido sus órdenes. Ella nunca sabrá que es mentira, porque no volverá a vernos.

—Tengo que entregarle tu corazón y el de Blancanieves.

—Usted es cazador: dispare a un jabalí y llévele a la reina el corazón del animal. Ella no sabrá distinguirlo.

El cazador bajó el arma y se pasó una mano por la cara. Aquello podía ser una buena idea, pero cuando volvió a mirar a Isabel negó con la cabeza.

—Ojalá pudiera, pero la reina es una persona muy malvada. Y si se entera de que no he cumplido sus órdenes...

—¡Por favor! Mire a mi hermanito, ¡es solo un bebé!

El hombre contempló al niño y resopló. En el fondo, pese a sus negativas, sabía que la chica tenía razón. No podía matarlos, ni a ellos ni a Blancanieves.

—Pero si os dejo aquí en el bosque moriréis de

todas formas: unos niños no pueden sobrevivir en mitad de la naturaleza. Hay lobos y otras bestias.

—No se preocupe por eso. Tarde o temprano llegaré a mi casa.

—¿Vives cerca de aquí?

—No, no. Un poco lejos.

—Está bien. Pero asegúrate de que no vuelves a cruzarte en el camino de la reina. No quiero ni pensar lo que me haría si se enterase.

—Le doy mi palabra: esa reina malvada no volverá a verme.

—Eso espero, pequeña. Echa a correr, coge a tu hermano y corre con todas tus fuerzas.

—Sí, señor. Muchas gracias. ¡Muchísimas gracias!

—¡Corre! ¡Vete ya!

Isabel se dio la vuelta con tanta prisa que tropezó con la raíz de un árbol y se fue de bruces al suelo. Con el golpe, Jorge se despertó y empezó a llorar. El cazador se acercó y lo recogió del suelo.

—Eh, tranquilo, mozalbete. ¡Vaya pulmones que tienes! —Su cara se había transformado: ahora incluso sonreía al tener a Jorge en brazos.

En ese momento, justo cuando Isabel trataba de levantarse, notó que una fuerza invisible tiraba de ella y la despegaba del suelo. De repente se vio ascendiendo por el cielo y vio también cómo el cazador la miraba alucinado. Comprendió lo que estaba ocurriendo: alguien agitaba el libro de Blancanieves en el sótano de Marloc, lo que significaba que ella regresaba a casa. ¡Pero el cazador aún sostenía a Jorge en sus brazos! ¡Solo volvía ella!

# 19

# AL RESCATE

Al aparecer en el sótano, Isabel miró aterrorizada a sus tres amigos. Ni siquiera se preguntó cómo habían podido enterarse de que ella había entrado en el libro de Blancanieves, solo podía pensar en la última imagen que había visto: su hermano Jorge en brazos del cazador. ¿Por qué a él no le había afectado el hecho de que sus amigos hubieran agitado el libro? Quizá, pensó, porque pesaba muy poco y el cazador lo sujetaba. O tal vez porque la que había entrado voluntariamente en el libro había sido ella, su hermano solo lo había hecho porque ella lo llevaba en brazos.

Los demás tardaron en darse cuenta de que faltaba Jorge.

—¡Isabel! ¿Cómo se te ha ocurrido? —le chilló Julia.

—¡Si no llegamos a venir...! —exclamó Ernesto.

—Y luego soy yo el que tengo fama de meter la pata —añadió Tomás—. ¿Cómo pensabas salir tu solita del libro, listilla?

—¡Callaos los tres! —gritó Isabel—. Tengo que volver. ¡Jorge se ha quedado allí!

—¡¡¿Qué?!! —se alarmaron los otros—. ¿Qué ha pasado? ¿Dónde está?

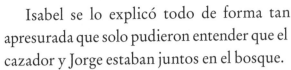

Isabel se lo explicó todo de forma tan apresurada que solo pudieron entender que el cazador y Jorge estaban juntos en el bosque.

—Tengo que rescatarlo —terminó.

—Tenemos que rescatarlo —corrigió Tomás—. No puedes volver tú sola.

—Pero alguien tiene que quedarse aquí —avisó Julia—, para sacar a los demás del libro.

—Te ha tocado a ti, por decirlo —le respondió Tomás—. Esta es una misión para Zorro Rojo.

—Yo voy —sentenció Isabel—: es mi hermano.

—Y Zorro y yo vamos contigo, Isabel, no te preocupes —dijo Ernesto—. Lo salvaremos. Quédate aquí, Julia, y sácanos dentro de unos minutos.

Isabel, Tomás y Ernesto se cogieron de las

manos y se concentraron en el texto escrito por los hermanos Grimm...

... y segundos después se hallaban en el bosque. Pero allí no había más que árboles. ¡Ni rastro de Jorge ni del cazador!

* * *

—¡Esperad! —dijo Ernesto de pronto—. No podemos saber cuánto tiempo ha pasado, porque tu encuentro con el cazador no aparece en el libro... Ni es seguro que estemos en la misma zona del bosque.

—Sí que lo estamos —aseguró Isabel—. Reconozco los árboles.

—Todos son iguales.

—No, mirad esa raíz de ahí: fue con la que me tropecé —dijo, y señaló la base de un roble enorme cuyas raíces sobresalían de la tierra.

Al acercarse vieron varias huellas en el suelo, unas grandes y más profundas, y otras pequeñas... justo del tamaño de los pies de Isabel.

—Son las mías —sentenció ella, colocando su pie sobre una de las marcas—. Así que no ha pasado mucho tiempo. Tienen que estar cerca. Las grandes son las del cazador: tenemos que seguirlas.

—Hablas como una rastreadora india en una película del Oeste —comentó Tomás.

—Fijaos —indicó Ernesto—: las huellas no vuelven en la misma dirección. Se desvían hacia allí.

Isabel pensó un instante y luego dijo:

—Eso es porque el cazador no ha querido llevar a Jorge de vuelta al palacio. Se dirige hacia algún otro sitio. Hay que darse prisa, ¡vamos!

Se internaron en la espesura, asustados y preocupados, no ya por el riesgo de encontrarse con algún animal salvaje, sino por la posibilidad de no llegar a tiempo de rescatar a Jorge.

Allí era de noche y la luz de la luna apenas iluminaba el bosque, de modo que los árboles adquirían formas tenebrosas en la imaginación de los chicos. Los tres recordaban que Blancanieves pasaba mucho miedo al ser abandonada en mitad del bosque, hasta que los siete enanitos la encontraban, y, sin poder evitarlo, ellos empezaban a sentir lo mismo. A su alrededor se oían todo tipo de ruidos: ramas que crujían, búhos que ululaban en la lejanía, el viento que parecía aullar...

Muy nerviosa, Isabel empezó a llamar a gritos:

—¡Jorge! ¡Cazador!

Sus amigos se unieron a ella.

—¡Jorge! ¡Jorge!

Pero nadie respondió.

A medida que iba oscureciendo más y más, resultaba más difícil distinguir las huellas y aumentaba la desesperación de Isabel.

—¡Joooorgeee! —gritó otra vez.

—¡Chitón! —ordenó de repente Tomás—. ¡Silencio, callaos!

—¿Qué pasa?

—Mirad eso, allí, entre aquellos árboles. ¿Lo veis?

Ernesto e Isabel siguieron la dirección que indicaba su brazo extendido y descubrieron una luz amarilla entre los árboles.

—¡Es una casa! —exclamó Isabel.

—¿La cabaña de los enanitos? —preguntó Ernesto, entusiasmado ante la idea de conocer en persona a aquellos personajes. Todavía guardaba, en el fondo de un armario, un par de muñecos de peluche de Gruñón y Mudito.

—No lo creo —respondió Isabel—. Mirad hacia la izquierda: los árboles se acaban, o sea que nos encontramos cerca del borde del bosque. La casa de los enanitos estaba entre la vegetación, cerca del centro del bosque. Esa debe de ser la casa del cazador. O quizá de algún amigo suyo. Esperemos que esté ahora ahí con Jorge.

—Acerquémonos con cuidado —aconsejó Tomás, ya del todo en el papel de Zorro Rojo.

—Si no conseguimos rescatar a Jorge no pienso volver a casa —anunció Isabel—. ¡Mi madre me mata!

Se agacharon y aprovecharon la oscuridad y la vegetación para aproximarse a la cabaña, hecha con troncos de madera. En el tejado había una chimenea de la que brotaba una delgada columna de humo, y por las ventanas salía la luz que Tomás había visto.

Zorro fue el primero en asomarse a la ventana más grande, que daba a una acogedora salita de estar. Había una mesa preparada para dos comensales, iluminada mediante una lámpara de velas que colgaba del techo. En un rincón había una chimenea encendida y un par de balancines con cojines. El rincón opuesto no se podía ver bien.

—Parece que están a punto de cenar —informó—, pero no se ve a nadie.

—¿Y Jorge?

—No lo veo.

Isabel no pudo resistir más. Se levantó y miró ella también, en el momento justo en que un hombre y una mujer aparecían por una puerta lateral. El hombre llevaba una olla de barro, y la mujer sostenía un bebé en brazos.

—¡Es Jorge! —exclamó Isabel.

Ernesto también se asomó y vio que la mujer acunaba al niño para que se fuera quedando dormido. Los dos habitantes de la cabaña estaban hablando, pero desde fuera los chicos no podían oír lo que decían.

—Ese es el cazador —dijo Isabel—, y la mujer debe de ser su esposa.

—Pues parece que tiene buena mano con los niños —opinó Ernesto—, mirad qué cara de felicidad tiene Jorge.

—Sí. Al menos no le han hecho ningún daño —murmuró Isabel.

—Recordad que en el cuento el cazador decide salvar la vida de Blancanieves.

—Lo sé. A pesar de su aspecto feroz, es un buen hombre.

Mientras el cazador servía dos platos de sopa, su mujer terminó de dormir a Jorge y se lo llevó de nuevo fuera de la sala. Un par de minutos después estaba de vuelta y los dos reanudaron su conversación entre cucharada y cucharada.

—Seguramente estarán tratando de decidir qué hacer con Jorge —dijo Tomás—. Igual quieren quedárselo y adoptarlo.

—De eso ni hablar —repuso Isabel—. Es mi hermano y pienso llevármelo conmigo.

—Vamos al otro lado de la cabaña para ver dónde lo han dejado —sugirió Ernesto.

Así lo hicieron, asomándose a todas las ventanas que encontraron, aunque en casi ninguna había luz y no se distinguía qué había en el interior.

Encontraron una habitación iluminada justo en el lado opuesto: un dormitorio con una cama grande, un armario de dos cuerpos y una cómoda con varios cajones. Sobre la cama, cubierto con una manta de color rojo, dormía Jorge, sin duda agotado por aquel extraño día lleno de aventuras y peripecias que el pequeño no acababa de comprender. A su lado reposaba su tren de juguete.

—¡Ahí está! —avisó Tomás. Intentó abrir la ventana, pero estaba firmemente cerrada por dentro—. No hay manera —dijo.

—Pues algo hay que hacer. Tenemos que sacar a mi hermano de ahí.

—Espera, espera. Pensemos —recomendó Ernesto.

—De eso nada —se impacientó Isabel—. Actuemos.

—Ni hablar: actuar sin pensar es de locos. ¿Te recuerdo por qué estamos ahora mismo aquí? Ya has actuado bastante sin pensar por hoy, ¿no crees? Si te hubieras estado quietecita...

—Está bien, pero ¿cuál es tu plan?

—No lo sé. Yo no tengo ningún plan. ¿Y tú, Tomás?

—Zorro Rojo siempre tiene un plan.

—¿Cuál?

—Jugar al despiste —se limitó a decir Tomás.

—¿Puedes hacer el favor de explicarte? No estoy de humor para tonterías —le advirtió Isabel.

—Uno de los tres tiene que hacer ruido en el otro lado de la cabaña, para que el cazador crea que algún animal salvaje está rondando por ahí. Cuando él salga, los otros dos han de romper la ventana de una pedrada, coger a Jorge y empezar a correr.

—En ese plan hay varios fallos, Zorro —contestó Ernesto.

—¿Ah, sí? ¿Cuáles, si se puede saber?

—Fallo uno: el cazador tiene una escopeta, así que el que haga de animal salvaje se arriesga a llevarse un tiro. Fallo dos: el cazador no está solo, y lo lógico es que su esposa corra a vigilar a Jorge mientras su marido esté fuera. Fallo tres: si nos separamos, ¿cómo vamos a reunirnos de nuevo en mitad de la noche en un bosque en el que no se ve nada?

Tomás frunció el ceño.

—En situaciones como esta no hay plan sin riesgos —dijo entre dientes—. Solución al fallo uno: el que haga de animal salvaje tiene que ser rápido, espabilado y esconderse bien. Solución al fallo dos: los que vayan a rescatar a Jorge tendrán que ser también muy rápidos y adelantarse a la mujer del cazador. Solución al fallo tres: creo que no importa si nos reunimos o no, porque en cuanto Julia agite el libro, los tres deberíamos salir, estemos juntos o no. Lo más importante es sujetar a Jorge bien fuerte para que no vuelva a quedarse atrás.

—De todas formas sigue pareciéndome un plan muy flojo —insistió Ernesto—. ¿Qué tal si llamamos a la puerta y les pedimos que nos devuelvan a Jorge?

—No —respondió Isabel—. El cazador está convencido de que soy una bruja. Si me ve, después de haber presenciado mi vuelo de antes, no creo que esté muy dispuesto a darme a Jorge.

—Igual piensa que te lo vas a comer al chilindrón. Entonces, qué, ¿ponemos en marcha mi plan?

—Pues va a ser que sí, porque no tenemos ningún otro.

—Bien. Reparto de papeles —dijo Tomás, poniéndose al mando—: yo hago de animal, que para eso soy el Zorro. Cuando se abra la puerta principal, Ernesto rompe el cristal de esta ventana con una piedra y ayuda a subir a Isabel, que entra, coge a Jorge y vuelve a salir. Tendréis menos de un minuto para hacer todo eso. Una vez fuera, corréis hacia el bosque. Yo haré lo mismo en la otra dirección. Si podemos encontrarlo, nos vemos en el mismo árbol con el que tropezaste, Isabel. Y si no podemos, cruzad los dedos para que acabemos todos en el sótano con Julia.

—Eres muy valiente, Zorro —dijo Isabel—. Te agradezco mucho que te arriesgues por mi hermano.

—No hay de qué, pequeña. Esta es una misión para un tipo como yo. Estoy curado de espantos. ¿Qué es un cazador para un Zorro?

—¿El peor enemigo posible? —murmuró Ernesto.

Tomás lo miró y prefirió no hacerle caso.

—Volveremos a vernos todos sanos y salvos, seguro. —Lo pensó mejor y añadió—: Pero, si acaso me atrapasen, decidle a Julia que lo de Comadreja Peluda era una broma. Que en realidad no se parece a una comadreja, y que no me importa que se comiera los mocos en la guardería. Decidle que he sido un valiente y que me recuerde con cariño. Y que bese mi foto todas las noches.

—Ya te vale, corta el rollo.

—Sí, de acuerdo. Voy a ir al otro lado, delante de la casa. Esperad hasta que oigáis jaleo.

—Suerte.

\* \* \*

Pasaron casi diez minutos antes de que Isabel y Ernesto oyesen nada.

Dentro de la cabaña, el cazador y su esposa discutían sobre qué debían hacer con el niño. El hombre estaba seguro de que lo había salvado de las manos de una bruja, pero no compartía la opinión de su mujer, que desde el principio había dicho que debían quedárselo y criarlo como si fuera su hijo. Él temía que eso pudiera causarles problemas si la reina se enteraba, así que prefería buscar otra solución.

Detrás de la casa, los dos chicos se impacientaban esperando a que Zorro Rojo se decidiera a pasar a la acción.

Y delante, escondido entre unos arbustos, Tomás estaba más nervioso de lo que había aparentado ante sus amigos. Pero no por ello pensaba quedarse quieto. Ni hablar.

—Soy Zorro Rojo —se dijo a sí mismo, para darse ánimos.

Buscó por el suelo un palo que pudiera servirle y no tardó en encontrar uno de casi un metro de largo con el que empezó a dar golpes a los arbustos y a los troncos de los árboles, emitiendo a la vez toda una serie de imitaciones de gruñidos, rugidos y aullidos extraños.

No habían pasado cinco segundos cuando la puerta de la cabaña se abrió de par en par y en el umbral apareció la silueta del cazador, con su escopeta en una mano y una vela en la otra. Por fortuna para Tomás, no llegó a verle, así que el muchacho continuó haciendo ruidos sin dejar de moverse para que al hombre le resultara más difícil localizarlo.

Al otro lado, Ernesto e Isabel no perdieron tiempo.

Ernesto ya tenía una piedra tan grande como su puño, la lanzó contra la ventana y el cristal estalló en miles de pedazos.

—¡Rápido! —le urgió Isabel—. Ayúdame a subir.

El estruendo alertó al cazador y a su esposa, que se dieron la vuelta y miraron hacia el fondo del pasillo, donde se encontraba su dormitorio.

Tomás supo que debía hacer algo para conseguir al menos unos segundos más a fin de que sus amigos llevasen a cabo su parte del plan. Aulló todavía más fuerte y movió unos arbustos con la esperanza de volver a captar la atención del cazador.

—Esto no me gusta nada —dijo la mujer.

—Corre tú a ver qué pasa ahí detrás —indicó entonces el cazador—. Yo voy a dar un par de disparos para que ese lobo no tenga ganas de acercarse más por aquí.

Apuntó a los arbustos que Tomás acababa de mover y disparó sin más miramientos. El Zorro oyó los perdigones silbando a solo unos centímetros de su oreja y se tiró al suelo. Cuando poco después se produjo el segundo disparo, el Zorro prometió para sus adentros que si salía vivo de aquella aventura nunca volvería a portarse mal, haría los deberes sin rechistar y sacaría las mejores notas posibles en todas las asignaturas. No bajaría nunca del sobresaliente.

Mientras tanto, Isabel ya había conseguido encaramarse al alféizar de la ventana con la ayuda de Ernesto. Saltó al interior del dormitorio y cogió a su hermano en el mismo instante en que la mujer del cazador llegaba corriendo por el pasillo.

—¡Quieta ahí! —gritó—. ¿Quién eres tú?

—Yo... Señora... —De repente, Isabel decidió asumir el papel que parecían haberle asignado en aquel cuento—: ¡Soy la bruja... la bruja Isabeluja! No dé un paso más o... o..., o la convertiré en una rana. O en una lombriz de tierra. O en..., o en..., en algo asqueroso y feo.

La mujer, que al principio se había asustado al encontrar a la niña en su dormitorio, se tranquilizó al oír lo que decía y la miró con ternura.

—Tú no tienes nada de bruja, ¿verdad que no? Eres una niña asustada. No tengas miedo.

—El miedo debería tenerlo usted, señora. ¡Que le lanzo un hechizo!

—No puedes hacerlo. No eres una bruja. Venga, ven aquí y cuéntame qué está pasando. No te preocupes, ni mi marido ni yo os haremos nada a ti y a tu hermano. Porque es tu hermano, ¿verdad?

—Sí, sí que lo es. Pero tengo que irme, señora. Lo siento, pero tengo que irme ya. —Apoyó el pie en el marco de la ventana y saltó al exterior, donde la esperaba Ernesto.

—¡Corre, corre! —la apremió él—. El cazador se ha liado a disparar.

Pero en lugar de hacerle caso, Isabel volvió a asomarse por la ventana:

—Siento mucho lo del cristal, señora. Ojalá tuviera dinero para pagárselo.

—Pero ¿qué dices? —se sorprendió Ernesto.

—No te preocupes —contestó la mujer—. Ya lo arreglaremos. No sé en qué lío estáis metidos, pero espero que todo os salga bien.

—Gracias. Y siento también haberle mentido: no soy una bruja.

Entonces, muy lejos de allí, o quizá muy cerca, Julia decidió que ya había esperado tiempo más que suficiente y se puso a agitar el libro de Blancanieves con todas sus fuerzas, como si quisiera arrancarle las páginas.

A la esposa del cazador no le quedó más remedio que cambiar su opinión sobre Isabel cuando vio que se elevaba sin ayuda de escoba ni nada, con el bebé en brazos y otro chico de su misma edad al lado. «Es cosa de brujería, está claro», pensó.

Un minuto después llegó su marido con los nervios a flor de piel.

—No te vas a creer lo que he visto ahora, cariño. Esta vez ha sido un chico el que se ha ido volando. Antes una jovencita, ahora un muchacho: me parece que este mundo se está volviendo loco. ¿Desde cuándo los niños pueden echar a volar?

Los dos miraron la cama donde había estado acostado el niño y sobre la manta vieron el tren de juguete con la chimenea rota.

# 20

# UN VIAJE MARAVILLOSO
## (y corto)

Jorge estaba tan cansado que ni siquiera se enteró de que volaba, y tampoco de que un momento después casi lo chafan cuando los cuatro amigos se fundieron en un abrazo en grupo al reunirse de nuevo en el sótano. Con suerte, cuando se despertase pensaría que todo había formado parte de un sueño algo más raro de lo normal.

—¡Por poco me llenan el cuerpo de perdigones! —exclamó Tomás.

—¡Gracias, chicos! —dijo Isabel, a punto de llorar de emoción—. Sin vuestra ayuda no lo habría conseguido.

—Para eso estamos, ¿no? —contestó Ernesto—. ¿De qué sirven los amigos si no es para cosas así?

De pronto los otros tres se dieron cuenta de que Julia tenía los brazos cruzados sobre el pecho y una expresión de malhumor.

—¿Qué te pasa? —quiso saber su hermano.

—¿Que qué me pasa? —gruñó ella.

—Sí, ya estamos todos a salvo. ¿Por qué pones ahora esa cara de ogro estreñido?

—Muy sencillo —dijo Julia—: me alegro muchísi-

mo de que Jorge esté de nuevo aquí y de que todo haya salido bien, pero resulta que de los cuatro soy la única que no ha probado el invento del profesor Marloc. Y vosotros dos —añadió, señalando a Ernesto y a Tomás— lo habéis hecho dos veces.

—Eso no es del todo cierto, hermanita.

—¿Cómo que no?

—Sí, de acuerdo, hemos entrado en *Blancanieves*, pero eso no cuenta. No nos quedaba más remedio que hacerlo si queríamos rescatar a Jorge.

—Pues yo creo que sí cuenta —insistió Julia—. Quiero elegir mi propio libro para entrar. Tomás escogió *La muerte de Arturo*; Isabel decidió meterse en *Blancanieves*, y tú...

—Yo no habría escogido *Moby Dick* de haber sabido lo que iba a pasar, te lo garantizo. ¡Estuvo a punto de tragarme! Aunque la verdad es que ahora me alegro de haber visto la ballena. ¡Era gigantesca!

—A ver, a ver. Un poquito de calma, chicos —pidió Tomás—. Creo que por el momento ya hemos tenido bastante, ¿no os parece? Pensadlo bien: a Ernesto casi se lo come Moby Dick, yo estuve a punto de ser hechizado por Morgana, e Isabel ha estado a punto de acabar muy mal por culpa de la envidia de la madrastra de Blancanieves. ¿Queréis volver a tentar a la suerte? Yo dejaría los libros tranquilos. Además, no creo que el profesor Marloc tarde ya mucho en volver, así que cuando lo haga podríamos decirle que conocemos su secreto y que...

—¿Y qué? ¿Que nos permita utilizarlo cuando nos apetezca? —la interrumpió Ernesto—. Dudo que acepte.

—No tenemos ni idea de cuándo regresará; puede que tarde mucho en hacerlo, y yo no quiero esperar —terció Julia.

—Isabel tiene que llamar a su madre cuanto antes —insistió Ernesto—. Si no, la Guardiana es capaz de presentarse en casa y entonces sí que vamos a tener problemas.

—Por unos minutos más no va a pasar nada. Y no os preocupéis: en el libro que quiero entrar no hay peligros.

Isabel, Ernesto y Tomás se miraron. Conocían muy bien a Julia y sabían que cuando se le metía algo entre ceja y ceja era muy difícil persuadirla de que no lo hiciera.

—¿En qué libro estás pensando? —preguntó Isabel.

—En mi favorito de todos los tiempos.

—*¿Ya sé ir al baño solita?* —se burló Ernesto.

—*¿Manual de la Gran Petarda?* —dijo Tomás, siguiendo la burla—. *¿Comadrejas y otros animales peludos?*

Julia no les hizo ni caso.

—*El maravilloso viaje de Nils Holgersson*, de Selma Lagerlöf —dijo—. El libro que más me ha gustado de todos los que he leído.

—¿Cuál era el otro? —preguntó su hermano, con fingida voz inocente.

—Idiota. He leído muchos, y lo sabes.

—No creo que ese esté por aquí —murmuró Isabel.

—Seguro que sí, ya hemos visto que Marloc tiene libros de todas clases. Voy a buscarlo y, si lo encuentro, pienso darme un paseo con Nils Holgersson. ¡Ni se os ocurra tratar de impedírmelo!

—Espera, espera —dijo Tomás, con curiosidad—, ¿de qué va, ese libro?

Julia contestó mientras inspeccionaba ya los estantes.

—Es la historia de un chico sueco que un día es hechizado por un duende. Entonces se encoge y se hace tan pequeño como Pulgarcito, y se va de viaje por toda Suecia con una bandada de gansos salvajes.

—Pues no me interesa.

—Mejor. No quiero que vengas conmigo. Quiero ir yo sola.

—¡A ti te gusta Nils Holgersson! —exclamó de pronto su hermano.

—¡No digas tonterías! Es un personaje de ficción.

—Pero en el libro hay ilustraciones, ¿a que sí? ¡Te has enamorado de un dibujo! ¡Alucinante!

*¡Zassss! ¡Plafff!* Ernesto ni siquiera pudo gritar ¡ay!, porque se quedó sin habla al recibir el pescozón de su hermana.

—Si el libro está aquí, entraré yo sola y vosotros esperaréis un rato antes de sacarme. Y con eso habremos terminado nuestras incursiones en los libros, ¿de acuerdo?

—Está bien, de acuerdo —aceptó Isabel—. Si de verdad no hay ningún peligro en ese...

Tomás y Ernesto asintieron, pero Zorro Rojo añadió:

—¿Y si no está?

Julia sonrió al tiempo que sacaba un volumen de una de las estanterías:

—Sí está. Un libro así no podía faltar en la biblioteca del profesor Marloc. Es un clásico.

—Vale. Pero si vas a meterte ahí dentro, date prisa —le pidió Isabel.

—Tranquila: este libro es genial, así que me da igual por qué página entrar.

Lo abrió por una página cualquiera, sin fijarse en qué número era, y se concentró en mirar las líneas de texto e intentar atravesarlas.

No pasaron más que unos segundos antes de que los otros tres vieran cómo la engullía el libro.

* * *

Julia se encontró en un bosque de árboles gigantescos. Todo a su alrededor parecía exageradamente grande y alto, incluso la hierba, que le llegaba hasta el pecho.

Al principio se asustó, pero enseguida comprendió lo que había ocurrido: en el primer capítulo de *El maravilloso viaje de Nils Holgersson*, el protagonista atrapaba a un duende, y este, a modo de castigo, lo encogía

hasta convertirlo en una persona diminuta. Así que eso era lo que debía de haberle sucedido a ella al colarse en el libro: había adquirido el tamaño del pequeño Holgersson.

Se miró a sí misma y luego otra vez los árboles y los arbustos. Sí, tenía razón. Todo parecía gigantesco, pero en realidad era ella la que había encogido. Tanto que si una persona normal, una que no hubiera sido hechizada por un duende, apareciese por allí en aquel momento y la pisase sin darse cuenta... ¡la aplastaría igual que alguna vez había chafado ella sin querer a alguno de los caracoles que salían de paseo los días de lluvia!

Empezó a pensar que no había sido tan buena idea entrar en ese libro. O al menos no haber escogido con cuidado la página. Debería haber buscado una en la que pudiera volar a lomos de uno de los gansos salvajes. Eso era lo que ella deseaba: volar. Sentir el aire fresco en la cara y admirar los bosques y lagos de Suecia desde las alturas.

Justo entonces oyó pisadas a su espalda y, al volverse, vio aparecer a un chico de su mismo tamaño que corría en su dirección.

—¡Nils! —gritó, entusiasmada.

El chico se paró en seco, asombrado de ver a alguien tan pequeño como él y que además conocía su nombre. Había entrado en el bosque persiguiendo a un par de ardillas, porque tenía mucha hambre y había pensado que ellas podrían darle alguna avellana, pero eran tan veloces que las había perdido de vista.

—¿Quién eres? —preguntó.

—Me llamo Julia, y tú eres Nils Holgersson, ¿verdad?

—Sí —respondió el otro, no muy convencido. Sospechaba que aquella chica podría ser un duende.

De repente se oyó un fuerte aleteo y algo cogió a Nils por detrás. Julia soltó un grito al ver que era un pájaro negro, parecido a un cuervo, y que otro muy similar se lanzaba hacia ella. Sus garras la sujetaron por la camisa y el ave alzó el vuelo. Nils forcejeó con el pájaro que lo había agarrado a él, pero no consiguió soltarse.

—¡Suéltame, corneja! —ordenó, sin que el ave le hiciera caso alguno.

La corneja que llevaba a Julia atravesó la copa de un árbol y, al hacerlo, la niña se golpeó en la cabeza con una de las ramas y perdió el conocimiento.

\* \* \*

Lo primero que oyó, antes de abrir los ojos y recordar lo que había pasado, fue una voz muy asustada. Alguien la estaba zarandeando por los hombros.

—¡Despierta, Julia, despierta!

—¿Nils? —preguntó ella—. Estoy bien... Me duele la cabeza, pero estoy bien. Creo.

—¿Qué Nils ni qué narices? ¡Soy yo, Ernesto, tu hermano! Y no me extraña que te duela la cocorota: ¡tienes un chichón como el monte Everest!

Julia reconoció la voz de Ernesto, y también la de Isabel, que empezó a hablar en ese momento:

—¿Qué te ha pasado?

—Una rama me ha atacado... —contestó ella, entreabriendo los ojos.

—¡Uff! —exclamó Tomás—. Me parece que se ha quedado un poco tonta después del golpe. ¡Dice que la ha atacado una rama!

Julia abrió por completo los ojos y fulminó a Tomás con la mirada mientras su hermano la defendía.

—Está confusa, solo eso.

—Ha sido una corneja la que me ha atacado —explicó Julia—. Y al llevarme por los aires me he dado un golpe contra una rama.

—Eso ya es otra cosa —dijo Tomás—. Aceptamos «rama» como arma de ataque.

Entonces Julia lo recordó todo: las cornejas los habían capturado, a ella y a Nils Holgersson. Se sentó deprisa, muy alarmada:

—¿Cómo he llegado hasta aquí?

—Como siempre —contestó Isabel, que sostenía a Jorge en sus brazos, todavía adormilado—. Dejamos pasar unos minutos y Ernesto sacudió el libro. Cuando saliste de él, estabas desmayada.

—¡Eso significa que el pobre Nils continúa prisionero de las cornejas! Tengo que regresar y ayudarlo.

—¡Ni hablar!

—¿Es que no lo entendéis? ¡Las cornejas tienen a Nils y podrían comérselo!

—Para, para —quiso tranquilizarla Isabel—. Todo esto está resultando demasiado peligroso: cada vez que entramos en un libro nos metemos en un lío. Que si Moby Dick, que si Morgana, que si la madrastra de Blancanieves..., y ahora esas cornejas que dices tú. ¡Cualquiera de nosotros podría haber muerto dentro de uno de esos libros!

—Sí, vaya una serie de sustos que llevamos. Será mejor que nos estemos quietecitos —opinó Tomás.

—Y tú decías que en *El maravilloso viaje de Nils Holgersson* no había ningún peligro —le recordó Ernesto a su hermana.

—No recordaba ningún episodio con unas cornejas —se defendió Julia—. Cuando pienso en ese libro me centro en cuánto me habría gustado poder volar con los gansos y verlo todo desde el aire.

—Pues un poco más y acabas de almuerzo para cornejas.

—De todas formas —insistió ella—, Nils necesita mi ayuda.

—¡No, no y no! —casi gritó Ernesto—. Nadie va a entrar en ningún otro libro. Se acabó. Hasta ahora hemos tenido suerte, pero no podemos arriesgarnos más.

—Tiene razón —afirmó Isabel—. Hemos probado con cuatro libros y en los cuatro hemos estado a punto de morir.

—¡Pero Nils...!

—Todavía está aturdida por el golpe —intervino Tomás—. ¡Ese Nils es un personaje de ficción!

—¿Igual que Moby Dick, que estuvo a punto de zamparte? —repuso Julia, enfadada—. En los libros no hay ficción: ahí dentro es todo verdad.

—Sí, vale, Julia —dijo entonces Isabel—. Pero Nils estará bien. Piénsalo: tú has leído el libro, ¿no? Si esas cornejas se lo hubieran comido, lo recordarías.

—Eso es verdad —coincidió Ernesto.

Julia se quedó callada, pensando.

—No estoy segura —murmuró al fin—. Puede que nosotros lo estemos cambiando todo. O que lo hayamos cambiado ya, al entrar en los libros. Puede que ahora todo sea distinto.

Los otros tres intercambiaron miradas de nerviosismo. No se les había ocurrido esa posibilidad. Es más, se trataba de una posibilidad tan terrorífica que preferían no pensar en ella.

Fue Isabel la que tomó la decisión por todos, pese a la oposición de Julia.

—Esto se ha terminado. Esperaremos unos días, como habíamos dicho antes de que tú te empeñaras en conocer personalmente a ese Nils Holgersson, y cuando vuelva el profesor Marloc...

—Cuando vuelva el profesor, ¿qué?

—Es un señor muy amable —dijo Isabel—. Raro, pero amable. Hablaremos con él y le pediremos que nos cuente dónde se ha metido y cómo ha conseguido entrar en los libros.

—Me parece bien —la apoyó Ernesto—. Ahora nos vamos a mi casa, y tú, Isabel, llamas a tu madre, que estará ya de los nervios. Y tú, hermanita, será mejor que te inventes algo bueno para cuando mamá y papá te pregunten cómo te has hecho ese chichón.

—Eso es fácil —refunfuñó Julia—: les diré que me pusiste la zancadilla en lo alto de un tobogán. Se lo creerán, seguro.

—¡Eres malvada, Comadreja! —exclamó Tomás entre risas—. Muy malvada.

*¡Zasss!*

# CUARTA PARTE

# UN EXTRAÑO
# EN LA VENTANA

# 21

# UN BREVE DESCANSO

Pasaron dos días sin que se produjese ninguna novedad. No hubo señales de Marloc y la Guardiana Dorada siguió regando sus plantas.

Isabel intentaba no despegarse de la ventana de su cuarto, pero durante aquellos dos días no vio nada que le llamase la atención. Los demás la telefoneaban a cada poco, ansiosos por saber si el profesor regresaba. No tenían muy claro cómo lo harían, pero estaban decididos a hablar con él y confesarle que conocían su secreto.

Julia había ido a la Biblioteca Municipal y había cogido prestado un ejemplar de *El maravilloso viaje de Nils Holgersson,* solo para asegurarse de que Nils conseguía salvarse y escapar de las cornejas. Una vez aclarado este punto, que la había atormentado desde su breve incursión en el libro, se sintió más tranquila.

Ernesto y Tomás la habían acompañado a la biblioteca, pero en lugar de libros decidieron llevarse dos pe-

lículas: *Moby Dick* y *Excálibur*, con las que revivieron sus recientes aventuras, esta vez en la pantalla de un televisor.

Por su parte, Jorge no daba muestras de que su paseo por el reino de Blancanieves le hubiese afectado lo más mínimo. Lo único negativo era que echaba en falta su querido tren de madera.

—¿Chucuchú? —preguntaba, mirando a su madre y a su hermana.

A Isabel le costó caer en la cuenta de que el tren se habría quedado en la cabaña del cazador, pues con las prisas no se había acordado de cogerlo. Sintió un sudor frío y llamó a sus amigos para convocarlos a una nueva reunión en su casa:

—¿Creéis que el hecho de haber dejado allí el tren puede tener alguna consecuencia? —preguntó.

—Alguna consecuencia... ¿como cuál, por ejemplo? —preguntó Ernesto a su vez.

—No sé. Como que afecte a la historia de alguna manera.

—No me imagino cómo podría hacerlo. Es un simple tren de madera —dijo Julia—. Si fuera de plástico, ya sería otro cantar, porque en esa época no se conocía. O si nos hubiéramos dejado un ordenador, o un teléfono móvil, imaginaos. Eso sí sería grave. Pero un tren de juguete hecho de madera no creo que provoque ningún cambio en la historia de Blancanieves.

—Quizá los enanitos puedan utilizarlo para su trabajo en la mina —sugirió Tomás, en broma.

—No son tan pequeños como para eso. Lo más seguro es que la mujer del cazador lo guarde como recuerdo. Al fin y al cabo, fue muy cariñosa con Jorge.

—Sí —convino Ernesto—. Además, no creo que vayan contando nada de lo que han visto. Tendrán miedo de que los tomen por locos.

—Tienes razón —asintió Isabel—. El cazador teme a la reina.

De repente, Tomás se echó a reír con ganas.

—¿Qué te pasa? ¿De qué te ríes?

—Pero ¿os estáis escuchando? Habláis como si esas personas existieran de verdad. ¡Solo son personajes inventados por escritores!

—No vuelvas a salir con esas, Tomás —respondió Isabel—. Todos hemos comprobado que son reales, tú también.

—Sí, lo sé, pero tiene que tratarse de alguna clase de ilusión. Algo mágico que ha inventado el profesor Marloc.

—Solo lo sabremos cuando podamos hablar con él —dijo Ernesto—. Por el momento, lo único claro es que los personajes de los libros en los que hemos entrado están tan vivos como nosotros.

—En eso estamos de acuerdo, hermanito —afirmó Julia.

—Y en otra cosa también estamos de acuerdo —añadió Ernesto—: esta es la mayor aventura de nuestras vidas, ¿sí o no?

—Sí.

—Por supuesto que sí.

—¿Qué dices tú, Zorro Rojo?

—Yo todavía no entiendo qué está pasando, pero sí, desde luego que sí, ¡es una aventura alucinante! ¡He estado junto al rey Arturo cuando lo llevaban a la isla de Ávalon!

Los cuatro chocaron las manos como un equipo que celebrase una victoria y después empezaron a hablar a la vez.

—¡No puedo olvidarme de cuando me vi a mí mismo reflejado en el ojo de Moby Dick!

—¡Teníais que haber visto a la madrastra de Blancanieves! ¡Era guapísima, y malísima!

—¡He tenido la espada Excálibur en mi mano!

La única que no dijo nada fue Julia. En cierto modo, y pese al susto de las cornejas, lamentaba haber estado tan poco tiempo con Nils Holgersson. Aunque nunca lo reconocería en voz alta, era cierto que le gustaba, aquel chico gamberro y aventurero. Pero no fue por eso por lo que se quedó callada, sino que al moverse Tomás, que hasta ese momento había estado delante de ella, tuvo una panorámica perfecta de la ventana del dormitorio de Isabel. Y allí, al otro lado del cristal, más allá del sicomoro del jardín, se veía perfectamente la mansión del profesor Alexander Marloc.

—Eh, chicos... —empezó a balbucear—. Chicos... Allí hay alguien.

## 22

# EL VISITANTE

Sus tres amigos miraron hacia la casa del vecino a la vez, y al cabo de un instante cuatro cabezas se apiñaban contra el cristal de la ventana del cuarto de Isabel, tratando de distinguir lo que había visto Julia.

No cabía la menor duda: allí había alguien, asomado, como ellos, a una de las ventanas de la planta baja de la casa.

—¿Ese es Marloc? —preguntó Ernesto, aunque ya sabía la respuesta a su propia pregunta.

—No —dijo Isabel—. Es un niño. El profesor Marloc es un hombre muy mayor.

Era cierto: la cabeza que se asomaba a la ventana era la de un niño. Un niño que miraba con asombro e incredulidad todo lo que veía.

En la casa de la Guardiana Dorada, los cuatro amigos se retiraron y se apartaron a un lado.

—¡¿Quién es ese?! —exclamó Tomás.

—Ni idea —contestó Isabel.

—Deberíamos llamar a la policía —sugirió Julia.

—¿Y qué vamos a decirles? —preguntó su hermano—. A lo mejor ese niño es el sobrino de Marloc, ¿no? O el hijo de algún amigo suyo.

—Tienes razón. Puede que no esté pasando nada extraño, sino solo que algún amigo del profesor ha venido a buscarlo.

—¿Un amigo que tiene la llave para entrar? —preguntó Tomás.

—Quizás el profesor Marloc es muy confiado y va dando la llave de su casa a todo el mundo.

—Vamos a averiguarlo —dijo entonces Isabel.

—¿Qué? ¿Y cómo piensas hacerlo? —intervino Ernesto.

—Muy fácil: preguntando.

Isabel salió de su cuarto y sus tres amigos no tuvieron más remedio que ir tras ella, después de intercambiar miradas cargadas de escepticismo.

Junto a la puerta principal, Isabel cogió con disimulo las llaves del profesor Marloc y avisó a su madre, que estaba en el salón con Jorge, de que se iban a jugar al parque.

Cruzaron el jardín y se plantaron ante la entrada de la casa del vecino.

—Deberíamos haber venido armados, por si las moscas —dijo Zorro Rojo.

—No somos soldados, Tomás. No tenemos armas —le espetó Julia.

—Un buen bate de béisbol me valdría, al menos me sentiría más seguro.

—A ver, Isabel —dijo Ernesto—, ¿cuál es el plan?

—Este —contestó ella, pulsando el botón del timbre.

En el interior de la casa sonó un tintineo de campanas.

Dos minutos después, Isabel volvió a llamar y se repitió el tintineo.

Al cabo de otro minuto Tomás empezó a impacientarse y también se decidió a llamar. Por tercera vez se oyó el tintineo de campanas.

Ahora sí: se abrió la puerta y apareció el mismo niño que habían visto en la ventana.

—Hola —saludó el muchacho, indeciso.

—Hola —respondió Isabel—. ¿Está el profesor Marloc en casa?

—¿Quién? —preguntó el desconocido.

—El profesor Alexander Marloc. El propietario de esta mansión.

El muchacho, que daba la impresión de ser algo mayor que ellos, los miró a los cuatro sucesivamente. Ahora que lo tenían tan cerca, saltaba a la vista que había algo raro en él. Su cuerpo parecía poco consistente, todo en él temblaba, como si se estremeciera.

—Alexander —repitió el desconocido con aire pensativo—. ¿Te refieres a Alexander *el Viajero*?

—Me refiero a... —comenzó Isabel, pero se interrumpió enseguida—. Sí, supongo que sí. Alexander *el Viajero*. ¿Está aquí? ¿Ha vuelto ya de su viaje?

El chico negó con la cabeza.

—No, lo siento pero no.

—Entonces, ¿quién eres tú? —se atrevió a preguntar Ernesto.

—¿Yo? Me llamo Huck.

—¿Huck? ¿Eso es un nombre? —dijo Zorro Rojo, envalentonado—. Parece la carcajada de un cuervo.

—Huckleberry Finn —aclaró el otro.

—¡¡¡Huckleberry... Finn!!! —chilló Isabel—. ¿Tú eres Huckleberry Finn?

—Así es —dijo Huck—. ¿Me conoces?

—No, no, o sea, sí. Sí, claro que te conozco. Pero tú a mí no puedes conocerme.

Tomás le dio un codazo a Ernesto.

—¿Quién es? —le interrogó en un susurro.

—El mejor amigo de Tom Sawyer —respondió su compañero, tan alucinado por lo que estaba ocurriendo que no podía apartar los ojos de Huck.

—¿En serio? ¿Y cómo diablos ha llegado aquí?

—Imagino que es a vosotros a quienes he venido a buscar —dijo Huck entre dientes, mientras volvía a mirarlos uno por uno—. ¿Cuál de vosotras dos es Isabel?

—¿Cómo? ¿Has venido a buscarnos? —se sobrecogió Julia.

—¿Y quién te ha enviado? —quiso saber Isabel, no menos alarmada.

—Alexander *el Viajero*, ¿quién, si no?

\* \* \*

Tras aquella primera conversación plagada de sobresaltos, decidieron que lo más aconsejable era pasar al interior de la casa para evitar que alguien los viera.

—¿Has venido solo? —preguntó Isabel.

Huckleberry Finn se rascó el pelo despeinado y sucio que le cubría la cabeza y los cuatro amigos vieron cómo caían al suelo diminutos trozos de papel. Su cuerpo estaba hecho de eso, de papel y tinta, pero a cada momento adquiría más consistencia y ambas sustancias, papel y tinta, se transformaban en carne y hueso.

—Sí. El Viajero me advirtió de que podía ser peligroso, pero a mí solo me parece raro. Este lugar es muy raro.

—¿Y cómo has salido del libro sin que nadie lo agitase a este lado? —quiso saber Ernesto.

Huck lo miró como si no comprendiera eso de «agitar el libro».

—Bastó con un trago de ese brebaje mágico que el Viajero lleva con él.

Isabel, Ernesto, Julia y Tomás se miraron boquiabiertos. ¿Un brebaje? ¿Una especie de poción mágica?

—Claro, así debe de volver Marloc: utilizando esa poción —murmuró Julia.

—Pero ¿por qué no ha regresado? —preguntó Isabel—. ¿Por qué te ha enviado a ti, Huck?

—Creo que vuestro amigo Alexander se ha metido en un problema muy grave. No sé muy bien de qué se trata, porque la otra noche, mientras cenábamos con

Jim junto a la hoguera, se puso a hablar de un montón de gente a la que no conozco. Decía cosas muy raras...

—¿Qué tipo de cosas? —preguntaron al unísono Tomás y Ernesto.

—Pues ya os digo, cosas muy extrañas. Habló, por ejemplo, de un hombre, imagino que un pirata, al que llamó Capitán Gnomo. Y también de un niño inglés. Y de un tipo con una pata de palo, y de varias personas más. No los recuerdo a todos. Nombró a varios. Dijo que estaban todos en peligro.

—¿Por qué?

—Eso fue lo que no entendí. Ese amigo vuestro no se expresaba con claridad. Estaba muy alterado. De repente me agarró por los hombros y me dijo que necesitaba que le hiciera un favor, que debía venir a su casa y encontrar ayuda.

—Pero te daría un nombre, ¿verdad? —lo interrogó Julia—. El nombre de la persona a la que debías buscar.

—El que os he dicho en la puerta: me dijo que encontrase a Isabel, que era su vecina.

—¿A mí? —se estremeció Isabel—. ¿Por qué a mí?

—Eso no me lo explicó. Solo dijo que él mismo te lo aclararía todo. Me pidió que te llevase conmigo.

—¿Adónde?

—¿Adónde va a ser? Al Misisipí.

# Índice

# OTROS TÍTULOS
# DE LA COLECCIÓN

# LA TEORÍA
# DE LOS MUCHOS MUNDOS

## Christopher Edge

¿Hasta dónde irías para intentar cambiar el mundo?

Cuando la madre de Albie muere, apenas si es natural que él pregunte a dónde ha ido. Sus padres son científicos y siempre han tenido casi todas las respuestas. Papá musita algo sobre la física cuántica y los universos paralelos, y eso basta para que Albie se ponga manos a la obra, consiga una caja, un ordenador y un plátano semipodrido, y se envíe a sí mismo a través del espacio y del tiempo en busca de su madre.

Lo que descubre tal vez no sea lo que estaba buscando, pero sin duda le proporciona las respuestas a algunas de las preguntas más importantes.

# EL PESCADOR DE GLOBOS

## María Antonia García Quesada

¿Qué sucede cuando un globo sube al cielo? se preguntan Pascal y Monique mientras persiguen el suyo, que se les ha escapado. Así comienza la fantástica aventura de estos hermanos, en el transcurso de la cual conocen a Max, un extraño personaje que pesca todas las noches con su red de telas de araña en el cielo de París, y a su amigo, el mago Saladín, que desvela una sorprendente historia de la torre Eiffel. Con la ayuda de ambos, la anciana tía Enma podrá ver cumplidos sus deseos.